PAS CE SOIR,
JE DÎNE AVEC MON PÈRE

Marion Ruggieri est responsable des pages culture à *Elle* et chroniqueuse à Paris Première, France Inter et France Info. Elle est l'auteur, chez Grasset, du *Journal de Yalda*, écrit avec Yalda Rahimi. *Pas ce soir, je dîne avec mon père* a obtenu le prix Montalembert 2008.

MARION RUGGIERI

Pas ce soir, je dîne avec mon père

ROMAN

GRASSET

ISBN : 978-2-253-12665-2 – 1re publication LGF

A mon père

En mémoire de mes grand-mères

Chapitre 1

Le problème avec les parents, aujourd'hui, c'est qu'ils ne meurent jamais.

Ou qu'on les aime trop.

— On a vraiment un air de famille, non ? dit-il, en me regardant dans la glace.

Sauf qu'il a la tête coupée en deux : un œil enfantin et l'autre pervers. Moi, je ne sais pas. Parce que je ne peux pas me voir. La seule chose que je puisse dire de lui est que contrairement à beaucoup d'hommes de son âge, il n'a pas pris en ventre ce qu'il a perdu en fesses. Cette espèce de vase conducteur révélateur qui fait que l'être humain, un jour, tourne le dos à l'amour, pour manger ou jardiner. Et comme le monde est bien fait – j'ai lu quelque part que nous avions perdu nos poils de singes pour être plus érogènes et mettre un maximum de chances de survie de notre côté – c'est justement lorsqu'il ne devrait plus se reproduire, que le Bon Dieu donne à l'homme des traits de vieille femme enceinte. Mais lui n'est pas de ceux-là.

— Pas mal, non, pour un type de mon âge ? Touche !

Je baisse les yeux et regarde au sol ses traces de pas mouillés qui décolorent le parquet. Il porte une serviette blanche nouée à la hâte autour de la taille. Ses cheveux noirs luisent sous la lumière de l'entrée. Le soleil a bruni ses lèvres. Une bouche démesurée, comme le front, l'arcade sourcilière, et le nez. Il a les traits forts, la silhouette gracieuse, l'air fiévreux. Un physique romantique. Un jour, à propos de sa fille de dix-sept ans, un ami m'a dit ceci : « Je n'ose même plus la regarder. » Cela fait des années que je n'ose plus le regarder, et qu'il me force à le voir. Alors je tape furtivement son bras bronzé, encore humide, du bout des doigts. Comme un docteur en consultation ou comme si l'on jouait à chat.

Le muscle est dur, mais la peau, plus fine que la mienne, fait moins corps.

— Ouais…

— Entre, tu vas pouvoir me passer de la crème hydratante.

Je ferme la porte et le suis le long du couloir sombre qui dessert par ordre d'apparition la cuisine, l'unique chambre et le salon. Sans rien demander à personne, il a abattu toutes les cloisons. Transformé un petit appartement familial et bourgeois en une vaste garçonnière.

Mon père appartient à cette génération qui sous prétexte qu'elle est née après guerre et en plein progrès a décidé que son combat d'une vie serait de ne pas mourir. De ne pas mourir, donc de ne pas vieillir. D'arrêter le temps. Au début, je croyais qu'il était le seul atteint. Et puis j'ai vu d'autres spécimens, dans la rue, à la télé, tout près, je les ai parfois côtoyés : les faux jeunes. J'en ai même joué. Au début, je croyais que le syndrome ne touchait que les hommes de son âge, les éternels « baby-boomers », puis je me suis aperçue que la génération suivante était pire. Déjà faux jeunes à quarante ans. Je les repère au premier coup d'œil : un tee-shirt, une fiancée prépubère, une play-list. Au début, enfin, je pensais qu'il s'agissait d'une épidémie locale, jusqu'à ce que je me retrouve à l'anniversaire d'un Chinois de Los Angeles. Impossible de dire son âge, cinquante-quatre ans. La tenue, les cheveux, l'allure : il arborait simplement cette même dégaine occidentale de l'homme qui ne veut pas mourir. Voilà le problème. Les gens ne veulent plus mourir. Alors ils volent la vie de leurs enfants. Ce sont des ogres.

La crème hydratante est pour le dos. Le reste, il y arrive seul. Il me tend le tube, un produit pharmaceutique dont le nom colle au palais rien qu'à le prononcer. Je projette quelques pâtés blancs sur ses omoplates noires de taches de rousseur – cela fait du bruit. J'étale la chose du plat de la paume, à la truelle, en en laissant traîner partout. Exactement comme le fait un homme quand il s'enduit d'écran solaire, et qu'il lui en reste accroché dans les sourcils, dans la barbe, sur le nez, comme si ça faisait pédé de bien étaler ou qu'il attendait une âme émue, une mère, pour finir ce qu'il a commencé. Je m'acquitte de la tâche au plus vite.

— Tu n'oublies pas les épaules, hein ? (…) Tu devrais aussi t'hydrater la peau, Big. Le docteur m'a dit que j'avais l'élasticité d'un jeune homme de trente ans.

Moi j'ai une peau de crocodile, la souplesse d'une grabataire, et j'aime ça.

Evidemment, je n'ose pas dire à mon père qu'il est un ogre, qu'il mange ma vie et que je ne tiens plus qu'à un fil. Après tout, je laisse faire et il en pleurerait, de me tuer. Quoique. Je ne l'ai vu pleurer qu'une fois. Nous habitions encore tous les trois. Il regardait par la fenêtre, les yeux embués. Ma mère se tenait dans la pièce d'à côté. Elle ne l'aimait plus, je le sentais. Mon père la trompait, mais elle faisait pire : il l'indifférait. Pour la première fois de ma vie d'enfant, j'avais plus de peine pour quelqu'un d'autre que pour moi. Et pourtant, j'en passais des heures à me regarder pleurer dans la glace. A imaginer mes parents morts, mon air digne et dévasté, et à ausculter la couleur de mes yeux, glisser du brun au vert. Mais là, j'en aurais tué ma mère. Je savais que leurs longues disputes n'avaient plus lieu d'être. C'était mort. Vingt ans plus tard, il n'a pas changé. Comme si le temps l'avait saisi là, derrière sa vitre, pétrifié. Beaucoup de gens se fossilisent ainsi, après un choc ou, inversement, une période qui leur sied, qu'ils considèrent comme leur apogée.

Parfois, j'aimerais qu'il perde ses cheveux, qu'il mette des pantalons en velours côtelé, qu'il écoute de la musique classique, qu'il planifie ses vacances d'été ou prenne des places « pour » Luchini ; j'aimerais qu'il soit comme certains pères de mes amies, qu'il ait son âge, rangé des placards, à la retraite, de l'arthrite ; ou qu'il soit comme ma mère, une mère, avec des jupes en dessous des genoux, de la dignité à revendre, et, surtout, pas de sexualité, du moins pas à ma connaissance. Autrefois, me semble-t-il, les géniteurs, à quelques exceptions notables, se retiraient. Pas forcément de bon gré, mais bon, ils ne pouvaient pas faire autrement : ils étaient Vieux, un peu gâteux, bientôt morts. Et c'était comme ça. On les foutait dehors. Et c'était normal. Parce que l'on ne peut pas être deux. On ne peut pas se superposer. C'est obscène. Quelqu'un doit s'effacer. Pour l'instant, c'est moi.

D'ailleurs, devant la glace, je ne ressemble à rien. Je n'existe pas. J'ai été ratatinée, compressée, par l'accélération de l'histoire. Je suis une fausse jeune de bientôt trente ans. Alors qu'à treize ans, je faisais de louables efforts pour m'habiller comme une pute, maintenant que je pourrais, je me déguise en ado mal dégrossie. J'ai toute la panoplie : jean, baskets, tee-shirt. J'ai décidé d'abandonner mon vieux sac à dos le jour de mes trente ans. La supercherie se voit moins que chez mon père ou que chez ces quadragénaires, qui, décomplexés par les critiques émises contre la génération d'avant, sont encore plus caricaturaux et désinhibés que leurs aînés. Mais le résultat est là, j'ai l'âge d'être une femme, avec du rouge et des talons, au lieu de ça...

— Tentez de faire moins jeune, m'avait un jour lancé l'épouse d'un philosophe, elle-même spécialiste du floutage de cadran, alors que je m'éloignais, au petit trot, avec ma queue-de-cheval et mon sac à dos. Elle avait vu juste et sous ses airs fantasques m'avait courtoisement rappelée à ma condition.

J'ai commencé très tôt à vouloir faire jeune. Vingt et un ans, je crois. Le jour où je suis sortie avec un vieux. En y repensant, je suis peut-être la fille qui a voulu faire jeune le plus tôt de toute l'histoire de l'humanité. Mais dans un monde où l'on vit de plus en plus tard, c'est la moindre des choses d'être vieux de plus en plus jeune et que la fraîcheur soit une denrée rare. Comme ça, on a la vie entière pour réfléchir à la cruauté du progrès et se finir en maison de retraite, comme un coucou tombé du nid, les yeux croûtés, le cheveu en bataille, la peur au ventre, à se demander où l'on est. Pour disparaître, certains ne mangent plus. Moi, je ne bois pas – et je pourrais écrire une thèse dessus, tant cela paraît suspect –, je ne fume pas, je ne me drogue pas, je ne me reproduis pas, je ne me maquille pas. Je suis intouchable. Transparente. Un pur esprit. Rien à voir avec toutes les filles qui passent par ici. Sans vouloir entrer dans une analyse qui ennuierait tout le monde, à commencer par moi qui ne l'ai pas faite, disons que rester une adolescente a été la seule manière de préserver entre mon père et moi cet espace, cette distance vitale, ces milliers d'années d'histoire, qu'il a décidé d'effacer pour s'en accorder dix ou vingt de plus. Et c'est du bout de mes ongles rongés que je m'accroche à mon enfance en attendant qu'il avance. Il ne veut pas vieillir ? Moi non plus. On verra bien qui lâche le premier.

— Franchement, Big, je ne remercierai jamais assez ta grand-mère et le Bon Dieu de m'avoir fait si beau garçon !

Je connais le discours par cœur.

— Parce qu'en matière de filles, Big, j'ai eu plus que ma part du gâteau, j'ai eu le gâteau, la pâtisserie…

… et la pâtissière, je sais. Tandis qu'il continue de gazouiller dans la salle de bains, encore pleine de buée, je furète dans la cuisine, ma pièce préférée, la seule à être meublée, avec sa longue table en bois couverte de sacs, les courses du dîner, pleins à craquer. Trop, peut-être. Mais ça n'est pas pour me déplaire. J'ai horreur des frigos vides, des repas où il n'y a pas assez à manger, des gens qui piquent dans mon assiette. Plus généralement, je n'ai aucun humour avec la nourriture et mes parents. Aujourd'hui, mon père a cinquante-cinq ans et, bien qu'il ne les fasse pas, nous allons fêter ça, tous les deux, en amoureux. J'arrache l'extrémité de la baguette de pain, un principe, et file au salon, le croûton pendu à la bouche comme un vieux mégot. A hauteur de la chambre, je détourne le regard, trop tard pour ne pas entrevoir le lit béant qui occupe toute la pièce, la couverture à moitié par terre, les draps en vrac. Plus loin, le salon est vide ou presque. Les rares meubles, reliquats du divorce, se tiennent au garde-à-vous le long des murs vierges, entrecoupés par des piles de livres, des rangées de DVD, des journaux éventrés, une chaîne stéréo, la télé, des rideaux qui n'ont jamais été ni ouverts, ni fermés, ni même détachés, et un unique canapé rouge et profond, sur lequel je ne m'assois qu'à regret. Mon père passe une première fois, sur la pointe des pieds, sa serviette autour de la taille, à la recherche du pantalon qu'il a laissé là où il l'avait sans doute enlevé : au pied du canapé. Il me sourit.

— Toujours aussi sexy, Big, à ce que je vois.

Puis, une deuxième fois, en quête de ses chaussettes :

— Eh, mon Big, fais gaffe à pas trop te mettre en valeur, surtout.

Puis, une troisième, pour ses baskets :

— Nan, on ne sait jamais, tu pourrais attirer les regards…

Je lui rends son sourire, vaincue. Il ne porte jamais de caleçon, trop bourgeois, comme les cloisons.

— Quelle chemise je mets, Big ?

(…)

— Viens voir s'il te plaît !

Non, il ne me plaît pas. Si je vais voir, il me faudra entrer dans la chambre, où se trouve le placard, ignorer le lit qui m'a déjà fait tourner de l'œil, enjamber les draps et les oreillers, tout ça pour choisir entre une chemise blanche et une autre chemise blanche. Je reste arrimée à mon canapé, perdue dans la contemplation du mur d'un grand magasin qui, derrière les fenêtres et de l'autre côté du jardin, obstrue l'horizon.

— « Biiiiig ».

Parfois, je me demande s'il le fait exprès.

Je me lève avec une mauvaise grâce adolescente, traîne des pieds et tente encore de bifurquer au dernier moment sur un journal ouvert à la page « Fait divers » qui me permettrait de changer de sujet. « Big ? » Mais rien n'y fait. J'entre dans la pièce, ignore le lit, ce qui n'est pas chose aisée, comme je l'ai dit. Et là, je n'en crois pas mes yeux :

— Qu'est-ce que c'est que ce truc ?

Au-dessus du lit trône un gigantesque crucifix. Je m'approche, mais pas de doute : c'est bien une croix avec un Christ dessus, qui porte lui aussi un pagne autour des hanches. Il a la même silhouette à demi évanouie que celle de mon père, vingt ans auparavant, quand il regardait par l'embrasure de la fenêtre et qu'une douce lumière allait l'immortaliser à jamais dans mon cœur. Sauf que mon père, depuis sa première communion, n'a jamais remis les pieds dans une église ou un quelconque lieu de culte autrement qu'à des fins touristiques. Lui, si prompt à enfourcher toutes les modes, a même fait l'impasse sur la vague bouddhiste et ne semble manifester aucune curiosité pour la vie après la mort – nous n'en serions pas là –, préférant de loin mettre à profit celle qu'on lui a donnée. Et pourtant, il y a bien quelqu'un qui s'est hissé sur ce lit pour fixer au mur un crucifix, avec un marteau et un clou, qui plus est, deux objets impossibles à trouver dans les parages et même dans le quartier depuis que le grand magasin voisin a fermé son sous-sol au bricolage pour le remplacer par des peluches, des beaux livres et des DVD. Alors ? Je l'imagine mal en train d'expier ses péchés tous les soirs, un genou à terre, les coudes joints sur l'oreiller. Pas plus que je ne le vois en train de chiner cette beauté chez un brocanteur du quartier : « Tiens, ce serait joli ce crucifix en bois rustique au-dessus du lit. » Et si c'est un jeu d'ordre sexuel, JE NE VEUX PAS LE SAVOIR. Alors quoi ?

— Oh ça, c'est le crucifix de Fallen, ma nouvelle fiancée. Elle est catholique pratiquante, tu sais. Mais tu vas pouvoir la rencontrer, elle vient dîner.

Chapitre 2

Vendredi soir. Treize ans.

La salle est rouge, rouge sang de pigeon. Du velours court sur les banquettes et le long des fenêtres, les tables sont si serrées qu'elles font penser à ces maisons étroites des pays froids recroquevillées les unes contre les autres pour se protéger du vent ou des impôts. Aux murs, quelques œuvres d'amis artistes rappellent que nous sommes dans une société close. Ici, seuls les fidèles ont droit de siéger, on refuse poliment les stars impromptues sous le regard satisfait des habitués, et l'on ne répond jamais aux sollicitations languissantes du téléphone pendant le service. C'est un théâtre de poche où les serveurs, sanglés dans leurs tabliers noirs, se livrent tous les soirs, sauf le dimanche et le lundi, à un ballet de chaises musicales, soulevant celle-ci pour permettre à une jolie poupée de se glisser sur la banquette, poussant celle-là pour que son mari puisse prendre place face aux nouvelles boucles d'oreilles qu'il lui a offertes. Parfois, une chaise s'envole par-dessus les convives pour atterrir près du bar en bois glacé et des voluptueuses lignes de la machine à jambon, une merveille de design années 50 encore fabriquée aux Gobelins, derrière l'hôtel de la Reine Blanche. Quand enfin, tout le monde est placé, que chaises, tables et clients se sont emboîtés, le spectacle peut commencer.

Mon père ordonne toujours le même menu. Entrée, plat, un dessert et deux cuillères, une pour lui et une pour moi. Un verre de vin. Une cigarette, peut-être, qu'il taxe au serveur et ne finit pas. Il n'avale jamais la fumée, mauvais pour la santé. Je suis si fière. Je me tiens droite comme ma mère me l'a souvent répété – je sens encore sa main dans mon dos me pincer la colonne vertébrale comme on remonte un automate – et j'ai fait un effort pour m'habiller. Ce n'est pas tous les jours que je dîne avec mon père, c'est uniquement le vendredi.

Je n'ai vu que les avantages de leur séparation : deux chambres au lieu d'une, plus de flics le matin à la maison. Parfois, je trouvais refuge chez nos voisins du dessus, monsieur et madame L., qui, hasard de la vie, avaient croisé mes grands-parents maternels à Limoges pendant la guerre. J'aimais beaucoup monsieur et madame L., que nous appelions les L…, qui m'offraient du couscous et m'asseyaient devant la télé. Elle portait de grosses lunettes en verres fumés dégradés qui lui mangeaient le visage, lequel semblait posé sur son corps emmitouflé de dentelles noires, comme une cerise sur un millefeuille. Madame L., la belle Hélène, comme l'appelait amoureusement son mari, ne portait que du noir, se comportait comme une éternelle infante, une ogresse capricieuse et charmante, ouvrant toujours grands ses bras, son cœur et son salon à ceux qu'elle adoptait. Le reste de la famille était du même acabit. Sa sœur, Renée, était une célèbre chanteuse de l'entre-deux-guerres dont le prénom d'homme m'hypnotisait. Sa fille s'était mariée en rouge, comme dans certains pays d'Asie. Une photo triomphante dans son cadre en argent chantourné rappelait l'événement à quiconque franchissait le seuil de l'entrée et ne manquait jamais de m'impressionner. J'aimais leur fantaisie, leur chaleur, leur sens de la famille. Monsieur L., quand il descendait l'escalier avec son chien Golan, lequel pissait à tous les étages si bien que sa promenade s'arrêtait à l'orée du trottoir, ressemblait à un milord dans ses longs manteaux croisés, coupés sur mesure, au col bordé de fourrure. J'entends encore sa voix d'ici, la voix c'est si particulier, lorsque, après l'avoir complimenté sur un nouveau modèle de pardessus taillé dans un épais tissu pied-de-poule, il me dit que je pourrais toujours compter sur lui. Le soir même, je trouvais son manteau déposé dans mon placard. Je nageais dedans mais décidai de le porter tous les jours que Dieu fait.

Les problèmes tombaient avec la nuit. Pour échapper aux cris – étaient-ce des larmes ou bien des rires, les deux se ressemblaient – qui me tiraient du sommeil par l'oreille d'une Main digne de Jean Ray, mon auteur de chevet, je ne pouvais décemment pas monter chez les L. Alors je m'enfonçais sous la couette, le cœur battant dans le noir, blottie contre ma panthère en peluche, celle-là même que j'enserrais violemment, sa queue coincée entre mes cuisses, quand je me réveillais en sueur et le ventre brûlant. Une nuit, vers dix ans, je décidai de marquer un grand coup et de m'enfuir avec la panthère. J'ai gravi la rue en pyjama. Arrivée à hauteur de l'ancienne gare, j'ai regardé, au loin, l'ombre du bois se troubler dans mes yeux. Et je suis rentrée fissa, les tempes battantes, prenant soin de contourner le halo des réverbères, pour que personne ne me voie. Rien de grave, donc, mais rien à regretter. Deux chambres, une télé, peut-être, pour compenser. Je suis comme tous les enfants, achetable et bon marché.

Ce soir, je veux lui faire honneur, être digne de lui, qu'il me réinvite. Alors, je regarde autour de moi, je fais des manières, je joue un peu au petit couple avec papa. Nous dînons tôt et très vite. La salle, peu à peu, se remplit. Toujours les mêmes gens, comme je l'ai dit, des habitués. Celle que l'on appelle Marilyn, en hommage à son blond platine. Marilyn appartient à cette nouvelle race de femmes, des pionnières, devenues eurasiennes par la grâce des liftings. Autrefois, elle devait avoir un âge, une nationalité, un nez, mais tout cela a été effacé, pilonné, repassé par les progrès esthétiques, un peu comme si on avait brûlé ses empreintes digitales. Le lifting, à ce stade, c'est la Légion, une profession de foi. On vous prend vos papiers, votre identité, vous n'êtes plus qu'un matricule hors d'âge, errant comme un spectre dans une armée de têtes brûlées.

— Pour qui fait-elle ça ? demandais-je régulièrement à mon père, en poussant du coude notre complicité, et en auscultant le profil négroïde de Marilyn, son front bombé, son souvenir de nez, et cette bouche volcanique prête à jaillir.

— En tout cas, je préfère pour les autres que pour moi ! me répondait-il, rigolard, à chaque fois.

En vérité, Marilyn faisait comme tout le monde avec un budget supérieur à la moyenne. Elle était devenue sa propre marionnette. Dès lors, elle se devait à sa réputation : bijoux dorés, nuage de parfum capiteux qui remonte au-dessus de la salle tel un champignon atomique quand elle se laisse choir sur le canapé, vocabulaire international, et vieilles copines fidèles, liftées à la même enseigne.

Il y a aussi « Out of Africa », toujours une jambe pendue au marchepied du bar. Lui s'habille comme Clark Gable, porte des chapeaux mous assortis à ses tenues de savane, et liquide des Bullshot entre deux baisemains. Parfois, sa compagne le rejoint, une magnifique rousse à l'ancienne, taillée comme Rita Hayworth, qui lui met trois têtes et doit mal le traiter. Il y a encore cette famille sympathique qui surgit, comme nous, tous les vendredis à heure fixe : le père, la mère, les filles, les fiancés, plus un ou deux bébés. Je les envie parce qu'ils commandent un grand plat pour toute la tablée et le font passer de main en main comme si ce plat leur appartenait et qu'ils vivaient là, dans la salle d'à côté. Il y a parfois une vieille gloire du cinéma français qui a donné son nom à des tagliatelles maison, lesquelles coûtent aussi cher que si c'était lui qui ramassait le basilic entre deux prises. Ou encore un mannequin aux yeux de chat, que tout le monde convoite en vain, parce qu'elle domine l'assemblée de ses longues jambes

– déjà réservées par un vieux bronzé qui arrive de loin. Plus l'heure tourne, plus le brouhaha se fait intense et la fumée dense. Comme dans la jungle, quand le soleil décline, et que, d'un coup, entre chien et loup, des milliers d'oiseaux s'accordent dans un vacarme assourdissant. Les filles vont aux toilettes, au prix de mille contorsions pour s'extraire de la banquette, rajuster leur tenue, se faufiler entre les tables, éviter les chaises et enfin, puisque c'est le but de l'opération, entrer dans l'arène. Les garçons, déjà blasés, un peu épais, le regard voilé par les vapeurs de l'alcool, ne les calculent même pas. Ils retiennent la bouteille d'une main désinvolte, au cas où un fessier téméraire viendrait les bousculer. Sauf mon père, qui n'en perd pas une miette.

— Tu sais, mon Big, j'ai une nouvelle fiancée.

Je me demande si papa va m'appeler Big toute ma vie. Je m'imagine dans longtemps, quand je serai vieille, à trente ans, mariée, divorcée, deux ou trois fois, car je veux plein d'enfants de pères différents et qu'on habite tous ensemble, avec mes parents, mes grands-parents, les chiens, les chats, les poules, les cochons, dans une grande maison couverte de vigne vierge où le soleil vient de se lever. Je m'imagine reine d'Angleterre, Karen Blixen, lauréate de la médaille Field (interdite aux plus de quarante ans, les mathématiques sont encore plus intolérantes que la génétique), Martha Argerich, ou John McEnroe. Mais surtout, je m'imagine débordante, rayonnante, gorgée, de féminité. « Gorgeous » comme disent les Anglais. Et je me demande si mon père m'appellera toujours Big ou Big Boum et si ma mère me demandera toujours à la fin du dîner, devant tous ses invités, de bien me laver les dents.

PS : En même temps, j'aime bien Big, c'est Grand. D'autant que je suis *Son* Big. *Son*, comme la fin d'une correspondance et Big comme le commencement d'un monde. Et puis quand il prononce mon vrai prénom, ça n'augure rien de bon.

— Elle est d'origine marocaine. J'adore les filles de ces pays, tu sais, elles ont une sensualité…, un corps…, une peau dorée comme du pain d'épice. Et puis, pardon d'entrer dans les détails, Big, mais elle est tellement… étroite.

Il me mime l'étroitesse en dressant ses deux jolies mains vers le ciel : bien parallèles.

Mon Coca se trouble.

J'ai treize ans. Treize ans, très envie, dit la chanson. Je suis en quatrième B – pas mauvaise classe, mais pas de quoi se vanter. J'ai des faiblesses en maths et des facilités en français, je m'assois au fond près du radiateur où je me fais incroyablement chier et où je lutte contre la torpeur toute la journée. Mes meilleures amies s'appellent Julie A., Julie C., Peggy, Lili, Delphine, Barbara... Je m'éloigne de Sonia, mais, par lâcheté, je préfère ne pas y penser. Je rêve d'être blonde, moyennant quoi je suis brune comme tout le monde et comme la grosse B. qui me fait peur et que je ne peux pas blairer. J'ai ma taille adulte, mais « de petites pattes grêles » selon ma mère et des airs de la « fille Gainsbourg », ce qui a l'art de me déprimer, à en croire l'un de ses nombreux amis antiquaires. Je viens de sortir avec mon premier fiancé, Tristan. Un beau prénom pour un premier. L'année dernière, j'ai bien tenté d'embrasser Mickaël B. sur le quai du métro, mais ça n'a pas marché. On aurait dit Gorbatchev qui donne l'accolade à

Mitterrand. Je me suis extirpée de ses bras, la bouche encore mouillée, et carapatée, le plantant là avec son cinéma. De retour à la maison, j'ai regardé dans la glace, voir si ça se voyait. Pourtant j'adorais ses taches de rousseur, il était vraiment mignon et aurait mérité de s'appeler Nicolas ou Simon. Avec Tristan, c'est différent. Mais ma mère me l'a fait promettre chez son coiffeur : pas avant dix-sept ans. Concluant son étude de mœurs, entre deux coups de peigne sur la tête, par une démonstration qui me semblait d'un autre âge pour une femme de sa trempe (« Ta mère vit comme un mec, m'avait un jour soufflé monsieur L., l'air coquin mais bienveillant, elle bosse comme un mec, aime comme un mec et paye au restaurant. ») : une fille qui couche est une pute, un type qui tombe est un don Juan. Tout ce féminisme, ces années de lutte, ces grands airs, pour en arriver là…

Aussi je ronge mon frein, en attendant.

Nous venons de fêter nos trois semaines. Je l'ai embrassé pour la première fois lors d'une soirée organisée par sa meilleure amie, Eloise T., une « Adaptation » – dénomination recouvrant les élèves qui n'ont pas le niveau de français requis pour suivre les cours traditionnels, parmi lesquels beaucoup d'Américains et peu d'Asiatiques, qui, conformément à la légende, non seulement comblent leur retard en un éclair mais sautent une classe dans la foulée. J'avais bu trop de bière, mes collants étaient filés, je me suis retrouvée barbouillée, comateuse, étalée de tout mon long sur le carrelage de la cuisine, happant l'air avec difficulté, comme une baleine échouée parmi les parasols en plein juillet. A côté de moi, une sirène blonde hurlait à intervalles réguliers « Laissez-la respirer ! », et ouvrait le frigo, dont je sentais l'haleine gelée dans mon dos, pour m'y plonger la tête. De l'autre côté du mur, Marwan voulait encore sauter par la fenêtre. Et Manon, la fille de la prof d'histoire-géo, se faisait dépuceler, cul par-dessus tête, ivre morte, dans l'ascenseur – je me souviens aussi d'Alexandre se reniflant les doigts après avoir fourragé une blonde. C'est dans ce cadre familier, entre deux descentes de flics, gage d'une soirée réussie, et beaucoup d'herbe à fumer, que je suis sortie avec Tristan, un coup monté par sa meilleure amie qui pourtant ne m'appréciait guère. Le lendemain, Alexandre nous appelait pour s'excuser.

Fille unique, habituée à parler aux plantes et au mobilier, mon éducation sexuelle s'est faite au petit bonheur la chance, à l'arraché. Fillette, je m'inventais des histoires dramatiques avec toutes les statues que je croisais dans la rue. Des tragédies grecques copiées d'Eschyle, de Sophocle ou d'Euripide, les seuls auteurs que j'arrivais à lire dans la bibliothèque, à cause des nombreux dialogues et des thèmes simples qui me touchaient – la vie, l'amour, la mort, la revanche, et, surtout, la malédiction. J'embrassais tous les empereurs romains à portée de main et les petites comtesses, avec leurs cheveux bouclés et leurs décolletés pigeonnants, sans distinction de sexe. Je leur caressais les seins, les fesses. Je me pendais durant des heures à leurs lèvres qui restaient de marbre ou de plâtre – j'ai même fait tomber un Chinois en porcelaine blanche, passant direct de l'émoi aux larmes à l'idée de la trempe que j'allais récolter. J'imaginais, tout émoustillée, des maris jaloux, ivres de pouvoir, violents, que j'implorais de ne pas tuer le chat. Bref, j'étais Angélique. A la campagne, au même moment, monsieur Z., un vieux paysan trapu qui roulait les r comme un tracteur, une canaille increvable, toujours habillé en combinaison verte, ce qui le faisait ressembler à une grosse grenouille, ouvrait sa braguette pour me montrer sa queue. Je la revois encore, petite noix ridée lovée dans le creux de sa main et qu'il faisait rebondir comme on soupèse des pièces de monnaie pour bien me faire mesurer l'ampleur de l'affaire. Après, il me courait derrière, et derrière ma meilleure amie, dont la mère ne devait pas en demander tant en nous confiant sa fille unique pour les vacances. Il nous criait : « Je vais te toucher le pissou ! » Il ne touchait rien du tout parce que nous détalions dans tous les sens et qu'on s'amusait follement. Je finis par lâcher le morceau à ma mère, pas peu fière mais légèrement inquiète. Comme à son habitude, elle ne s'en émut guère : « Tout le monde fait ça à la campagne. » En ville, je retrouvais donc ma jeune fille au pair qui faisait des passes dans la chambre de bonne, tandis que je l'attendais de l'autre côté d'un drap hâtivement tendu au milieu de la soupente, en regardant la vieille télé en noir et blanc, celle avec le petit clapet devant, qu'on avait remisée là avant qu'elle n'implose. J'entendais ses cris rauques, comme des feulements de bête, des bruits que je ne lui connaissais pas, au point de penser qu'ils sortaient peut-être de ladite télé. Je l'aimais bien, elle venait tous les jours me chercher à l'école pendant que mes parents travaillaient. Nous prenions le 82, puis nous longions le bois de Boulogne, de la porte Maillot à la lugubre rue Lalo, tandis que je récitais mes tables de multiplication en grimpant sur les bancs. La tentation de multiplier son salaire devait être grande en passant par ici, où les putes fleurissaient à l'ombre des marronniers, dans des camionnettes plus ou moins fraîches et stationnées sur les allées, juste en face du marché. Deux mondes feignant de s'ignorer. Mes après-midi sous le velux, à renifler le stupre et le renfermé, ont duré jusqu'à ce que trois gendarmes sonnent un matin à la porte de la maison et accusent mes parents de proxénétisme. Sinon, quoi ? Rien que de très commun. Des attouchements dans le métro aux heures de pointe, le chien qui essaie à tout hasard de me sauter avec son sexe rose qui glisse de son fourreau, des vieillards qui branlent frénétiquement en public un pantalon vide pour faire croire à leur virilité, et les films de mon père que je matais planquée derrière le canapé. C'est ainsi que j'ai découvert la zoophilie, dans *Caligula*, qui continua de me passionner. Mais mon préféré demeurait *Electric Blue*, énorme navet, condamné à un exil prolongé à la campagne, que nous nous repassions volontiers le soir avec monsieur et madame Z., à dîner. La télé trônait sur la vieille table à outils, face à notre immense buffet de réfectoire, bordée de deux bancs d'église, où une planche permettait de s'agenouiller pour prier. Nous soupions dans le noir complet, le corps tourné vers l'écran. Monsieur Z. en combi verte, madame Z. en tablier à fleurs, bas beiges et grosses pantoufles, le tout éclairé à la lumière d'*Electric Blue*. Des bruits de succion, à cause de la soupe chez nous et d'autres choses moins avouables dans le film, étaient régulièrement ponctués par les petits cris de madame Z. « Cômmeeee c'est joliii », s'exclamait-elle à chaque fois qu'une gendarmette bien cochonne, affublée d'un képi assorti au porte-jarretelles, rentrait dans le plan, se trémoussant derrière les faux barreaux d'une prison. La fille de monsieur Z. a fini assassinée d'une balle dans la tête à la veille de sa retraite. Elle était gardienne dans une prison pour femmes, aux environs d'Avignon, et, d'après les journaux, il s'agissait d'un règlement de comptes entre détenues, suite à une sombre histoire d'amour et de trahison. La violence de cette mort me frappa, je repensais à notre folle cavalcade autour de la table, « je vais te toucher le pissou », et à leur fille étrange avec ses cheveux coupés en brosse qu'on aurait dits teints au sang.

Le plus clair de mon temps, je le passais à embrasser les filles et surtout Ondine, avec son profil de poupée, ses longs cheveux blonds lisses et soyeux comme ceux d'un poney, ses grands yeux bleus, sa bouche joliment ourlée. Le goût des garçons me vint après. Il existait un jeu : s'embrasser devant *Dallas*, la série télé, en même temps que les héros, et s'ils n'y mettaient pas assez d'ardeur, s'embrasser à chaque fois qu'ils buvaient ! On se tordait de désir, nos deux corps emboîtés au fond du lit, la jambe de l'une frottant le sexe de l'autre, la peau humide, et ses lèvres gorgées. Au bout d'un moment, nous avions si chaud, qu'on finissait par sortir la tête des draps, hirsutes, des cheveux collés à la bouche, en tendant l'oreille à l'affût du moindre bruit suspect. Ces instants moites ont pris fin le jour où Ondine nous a annoncé en classe, de manière assez fruste, la mort de sa mère. « Tu n'as qu'à demander à mon père si tu ne me crois pas », me disait-elle comme s'il s'agissait de n'importe quoi. Je ne l'ai pas crue et lui ai décoché une claque dont la violence m'étonna moi-même. Sonnée par mon geste incompréhensible et parant aux éventuelles représailles de la maîtresse, j'ai pleuré encore plus fort qu'Ondine, au point que la scène – elle et moi hurlant de plus belle en courant vers le tableau – finit par me faire rire. Je découvrais la contradiction des sentiments. A la sortie des cours, son père nous prit toutes les deux par la main, des feuilles mortes jonchaient le trottoir et je traînais délibérément des pieds en passant devant la papeterie, mon magasin préféré. « Il va falloir être gentille avec Ondine », me répétait-il. Plus tard, le soir, je surpris son père effondré sur le canapé du salon, les yeux perdus dans le vague et le whisky. Je me suis demandé comment on pouvait être là, exister, puis plus. Je revois la silhouette de la mère d'Ondine, blonde et svelte, dans l'entrebâillement de la porte, l'ombre du couloir sur la moquette, puis la porte qui se ferme doucement et le noir qui se fait. Nous nous sommes sagement couchées, chacune dans notre lit, l'aventure était finie.

Avec Tristan, c'est une autre histoire, nous testons tous les squares entre l'école et chez lui, semant notre désir au hasard des pelouses municipales, nous roulant dans l'herbe, indifférents aux soupirs scandalisés ou concupiscents des passants. Dès qu'on arrive chez ses parents, Bonjour monsieur, Bonjour madame, c'est pour se réfugier dans sa chambre qui se résume à deux lits en bois superposés et une fenêtre étonnamment grande pour une si petite pièce. Il est assis sur son lit, m'attire à lui. Moi je reste debout, au cas où son frère entrerait. Il m'embrasse le ventre, je lui caresse les cheveux. Il passe ses mains sous ma jupe, me regarde droit dans les yeux, baisse ma culotte, écarte mes cuisses et me lèche. Je sens sa langue. Mes jambes tremblent tellement que je suis bientôt obligée de m'allonger. Couché sur moi, il frotte sa bite contre mon sexe, si dur que je glisse un drap entre nous. J'ai la barre du lit dans le dos qui me fait mal et je jouis.

Chapitre 3

Je ne savais pas que Fallen était un prénom qui existait pour de vrai, et encore moins qu'il était en vogue chez les catholiques pratiquants. Je n'ai connu que deux Fallen dans ma vie. La fille de Blake et d'Alexia Carrington dans *Dynasty*, et le teckel à poil ras des voisins de mon amie Julie, à Valbonne, chez qui nous avions l'habitude de nous baigner, et qui l'avait prénommé ainsi en hommage au feuilleton sus-cité.

Mon père, du jour où il a divorcé, a connu une activité sexuelle croissante. Peut-être en faisait-il autant avant le divorce, alors que ma mère et lui se disputaient encore leurs exclusivités, mais à l'époque, il n'avait pas décidé de me prendre pour témoin privilégié de ses frasques érotiques – une manie qu'aujourd'hui encore j'ai du mal à m'expliquer. En vrac, il a eu sa période black, sa période blonde, sa période beur, sa période asiatique, sa période mineure, sa période vieille, sa période mannequin, sa période à trois, sa période à dix et ainsi de suite. Chacune de ces phases enfourchant les différentes modes du moment – ses virées en boîtes échangistes, par exemple, qu'il a vite abandonnées une fois l'engouement houellebecquien retombé. Il lui est même arrivé d'être fidèle comme s'il s'agissait là d'une fabuleuse découverte, d'un nouveau vaccin, ne demandant qu'à être étudié, puis diffusé et inoculé aux masses pour leur plus grand bien. Quoi qu'il ait fait dans son lit, cela devait correspondre à un tout dans sa vie. Et si un historien voulait reconstituer le moral de ces trente dernières années, il n'aurait qu'à se plonger dans la sexualité de mon père. Années 80 : apparence, fric, mannequins. Années 90 : crise, désespoir, échangisme. Années 2000, retour aux vraies valeurs : humilité, travail, romantisme... Bref, travailler plus pour baiser moins. Cependant, dans sa frénésie de découvertes, et à sa décharge, il a toujours pris soin de ne pas sombrer dans certains lieux communs : les amours ancillaires, par exemple, malgré les filles au pair suédoises, rousses, blondes et même brunes, qui défilaient chez nous à raison d'une paire de sabots par an, certaines moins farouches que d'autres. Flirter avec mes amies, aussi, qui dépassaient presque toutes un mètre soixante-quinze à treize ans. Bref, il avait des principes. Mais son fantasme le plus récurrent, son mythe fondateur, d'aussi loin que je me souvienne, a toujours été la Catholique Pratiquante. Difficile de définir ce que recouvre précisément le concept : Un collier de perles ? Des bonnes œuvres ? Une prière avant de se coucher comme le faisait Rebecca, ma nounou philippine ? Laquelle ne s'endormait jamais sans avoir remercié le ciel de lit, genoux à terre, jusqu'à ce qu'un mariage arrangé ne l'appelle en Arabie Saoudite… A moins que ce ne soit tout cela réuni, plus un porte-jarretelles. L'idée de base étant bien sûr qu'elle aille à la messe. Pour le reste, je lui ai connu toutes sortes de catholiques, et, à force, j'ai fini par en conclure que ce qu'il préférait dans la

Catholique Pratiquante, c'était de dire aux gens qu'elle était catholique pratiquante et de voir leur tête. La provocation n'étant pas la moindre de ses qualités.

Pour ma part, je n'y connaissais rien en cathos et confondait l'Ascension avec Pâques. Du côté de mon père, qui était baptisé, première communion rimait surtout avec raie sur le côté. Et à chaque fois qu'il déjeunait chez ma grand-mère, je le voyais tenter de repasser sa brosse du plat de la main pour retrouver cet air angélique qu'il arborait sur sa photo racornie en noir et blanc de jeune communiant normand. Pour ma mère, les petites fiestas catholiques, première communion ou confirmation, étaient surtout l'occasion de se beurrer au vin de messe et de terminer la journée ivre morte, en pionçant la bouche ouverte dans un coin de l'appartement de mes grands-parents, qui étaient pour moitié juifs de toute façon. Quant à moi, je n'étais ni baptisée ni bat-mitsvée. Mes parents, en bons mécréants, m'expliquant régulièrement qu'ils avaient préféré laisser tout ça « ouvert », afin que j'aie l'immense chance, plus tard, de choisir en mon âme et conscience ma propre obédience – la paresse n'avait donc rien à voir dans cette affaire et ma mère me signifia assez vite qu'elle préférait un mariage orthodoxe rapport au décorum, à l'encens, à Diaghilev, etc. Evidemment, elle-même avait épousé en secondes noces un musulman, Kabyle d'Algérie né en Aveyron, où l'arrivée de sa famille dans les années 60 fit une drôle d'impression. Tout comme, j'imagine, son irruption dans notre famille dut faire un drôle d'effet à ma grand-mère, laquelle avait élevé maman à Limoges à une époque où le foulard sur la tête était gage de probité. Mais d'une certaine manière, je comprenais mieux ce que mon père entendait par Catholique Pratiquante.

Je lui en veux de l'avoir invitée sans même m'en avertir. La rencontre au sommet n'a pourtant pas l'air de le préoccuper, il n'a toujours pas quitté la salle de bains. Il doit se coiffer, se demander s'il vaut mieux ramener ses cheveux devant, à la George Clooney, les garder en pétard, ou opter pour sa fameuse raie sur le côté. Mais pourquoi n'est-il pas chauve ? Je traîne des pieds jusqu'à lui, note qu'il a des rides qui ne bronzent plus au coin des yeux et des poils blancs dans les rouflaquettes et sur le plastron. Il en a même un dans le sourcil, formidablement long, qui tombe dans son œil comme pour s'y abreuver. Il l'arrache d'un coup sec en serrant les dents. D'instinct, je perçois la présence d'un tube de crème sur le rebord du lavabo. Je note d'emblée au design, rose et gris perlé, que ce n'est pas le sien. Je balaie du regard le reste de la pièce au cas où une nouvelle preuve trahirait la présence régulière d'une autre personne dans sa vie. Apparemment, rien. Quant au tube, il n'en dit pas d'avantage : pas de premières rides, pas de tendance acnéique, pas de texture pour peau mature, c'est juste un « basique ». Jusqu'ici aucune femme n'a réussi à s'installer avec lui. Pas même moi – il faisait toujours trop froid, et plus tard je m'en suis voulu d'avoir déserté. Une ou deux obstinées ont bien tenté leur chance, comme un chien qui discrètement entame l'ascension d'un lit : une patte, puis deux, arrive alors l'instant délicat où il faut soulever la troisième patte et tout ce qui suit. La première, que j'aimais beaucoup, avait déniché l'appartement, mais il l'a priée de déguerpir la veille du déménagement. La deuxième, que je haïssais, était partie de son fait le jour où elle comprit qu'ils n'auraient pas d'enfant. La dernière venait d'annexer le lavabo, la belle affaire…

La nuit est tombée comme un sac.

J'ouvre un tiroir, au hasard. Et ce que j'y découvre me coupe l'appétit.

— Tu viens m'aider à mettre la table, Big ?

Il met de la musique, allume les quelques lampes qui traînent par terre dans le salon, empile les journaux. Je ne l'ai jamais vu ranger quoi que ce soit, et là je le sens prêt à s'emparer d'un plumeau. Son portable bourdonne sur la table. Il vibre comme un gros scarabée colère. Enfin, la sonnerie retentit et j'identifie malgré l'horrible couinement métallique MA chanson préférée, une mélopée désormais estampillée « papa » jusqu'à la fin des temps, et que quelqu'un, *l'autre* sûrement, a dû lui télécharger. Un drôle de sentiment m'étreint. Un peu, toute proportion gardée, comme si j'avais trouvé le prénom de mon futur enfant et que je découvrais qu'un gros con s'appelait pareil. La dépossession. Il décroche avec soin, en tenant l'objet des deux mains, telle une porcelaine, comme si la communication pouvait pâtir d'une mauvaise manipulation.

— Yes, mon Bébé. On t'attend, prends ton temps. Moi aussi, mon Bébé.

Mon cœur se glace, il l'appelle Bébé. J'appelais mon premier amoureux Bébé. J'avais dix-sept ans et des excuses. Il remontait sans cesse ses longs cheveux blonds d'une main crâneuse pour laisser filtrer un peu du bleu de ses yeux. Nous entretenions une gentille relation, d'abord éperdue de reconnaissance pour la découverte que nous nous étions mutuellement offerte, puis fusionnelle et très vite asexuée. Petit couple rabat-joie devant la télé. Je pensais que ça durerait toute la vie. Et quand il m'a quittée, j'ai failli le tuer tellement je souffrais, avant qu'il ne revienne en rampant et que je ne l'achève. Depuis, nous sommes restés bons amis, selon la formule consacrée. Nous déjeunons ensemble une fois par an, pour notre anniversaire, car nous nous chauffons du même mois. Il a coupé ses cheveux, me raconte sa vie, et je sors heureuse ou inquiète d'y avoir échappé. C'est quelqu'un de bon, de droit, qui fait ce qu'il faut. Quant à moi, l'idée de tuer un homme ne m'a plus jamais effleurée. Tout comme on se fait ses vrais amis avant vingt ans, j'ai l'impression que les humiliations n'ont plus la même violence après l'adolescence. Certains font des heures supplémentaires, mais y croient-ils vraiment ?

Machinalement, je scrute la rue, noire et lisse de pluie, dans l'espoir d'y pêcher un indice. Rien, des mémés capuchonnées ou des ados en tee-shirt, qui semblent insensibles au froid et à l'eau (le parapluie, ça craint), promènent leurs chiens. Après tout, qu'est-ce que ça peut me faire ? Mon père me demande si j'ai bien travaillé. J'ai l'impression qu'il me demande si j'ai eu des notes à l'école. C'était la première chose dont il s'enquérait quand, en fin de journée, il me téléphonait à la maison. Je ne le voyais que rarement avant de me coucher, mais quand il était là, il me faisait l'avion jusqu'au lit, et m'accompagnait tous les matins en cours, sans exception. Il me déposait en voiture devant l'entrée, ou un peu avant, au coin de la rue, pour ne pas me gêner. En retard, en général. Pourtant, je lui mentais sur l'heure pendant qu'il se douchait dans des volutes de vapeur. Je lui hurlais : « Il est huit heures moins le quart passées ! », alors que l'horloge de la cuisine, accrochée au-dessus du frigo, indiquait sept heures trente. A force, le rituel relevait du jeu. Et puis un jour, le temps s'est inversé.

Dring, on sonne. Déjà ? Il prend son élan, court, puis se laisse glisser comme un gamin sur le parquet ciré jusqu'à la porte d'entrée. J'essaie de faire taire mon cœur en appuyant dessus des deux mains. Enfant, j'avais de la tachycardie et des petites pilules à gober en cas de crise. Plus tard, la médecine du travail m'a diagnostiqué un souffle. « Normal, pour une jeune fille romantique », a dédramatisé le docteur. Depuis je prête une attention démesurée à ce cœur, jusqu'à comparer ses pulsations pendant la nuit avec celles de l'homme qui la partage. Evidemment, je gagne toujours, le mien bat plus vite. Et si j'avais un cœur de chien pour qui une année en vaut sept ? Une nuit, j'ai fait ce rêve : ma mère me confie un hérisson, tout petit hérisson. Je l'aime tellement que, pour qu'il ne me fasse plus souffrir, je l'enferme dans un sac, que je planque sous ma veste, hors de la vue des autres et de tout danger. Mais très vite, prise de regret, et en larmes à l'idée de ce que j'ai fait, je décide de libérer la pauvre bête. Horreur : ses épines se sont incrustées dans la toile. Je tente de soulever le tissu le plus lentement possible, pour le dégager. Mais plus j'ouvre le sac, noir comme un chaudron, plus je tue le hérisson, dépecé vivant. Enfin libérée, la petite chose à vif se blottit dans le creux de ma main, palpitante et sanguinolente. On dirait une tranche de foie de veau, me dis-je, lorsque je comprends, avec stupeur, qu'il s'agit de mon cœur.

Je me suis réveillée en pleurs.

J'entends la porte d'entrée qui s'ouvre. Je plonge dans le canapé et attrape une revue au hasard comme si j'étais chez le dentiste. Je remets mes cheveux en place, c'est-à-dire n'importe comment. Ça n'a pas l'air, mais c'est du travail de ne ressembler à rien : papa dit que j'ai la coupe de Louvois. Je me lèverai au dernier moment, quand elle entrera dans la pièce. Moi qui n'aime que les habitudes, je déteste les présentations. D'autant que mon père m'épargne les passades, d'ordinaire.

— Tu vas bien, Georges ?

Georges ? La voix grave de mon fiancé retentit dans l'entrée. Il ne manquait plus que lui. Je me lève d'un bond, la rage au ventre, et accours à mon tour. Je le trouve dans l'encadrement de la porte, l'air goguenard, bien misé, une bouteille de vin à la main.

— Big, surprise, j'ai invité Georges à dîner pour mon anniversaire.

Mon père a coutume de dire que Georges et lui pourraient être frères, sous prétexte qu'ils sont nés le même jour, du même mois, de la même année. Le 1er septembre 1950. Deux vierges. Je sais ce que vous pensez, mais la ressemblance s'arrête là. Georges est l'exact opposé de mon père. Il est chauve, sec, austère – le sosie d'Henri de Monfreid, selon ma grand-mère. D'ailleurs, on me prend souvent pour sa fille, ce qui ne risque pas d'arriver avec mon père. Chez le médecin, au restaurant, et même à l'étranger, dans des pays pourtant coutumiers du fait, des contrées où vingt-cinq ans de différence d'âge entre un homme et une femme sont une blague, même là il se trouve toujours un type en casquette pour nous lancer « Tuo papa ?? ». D'après un auteur américain, il existerait une vieille croyance française, une équation funeste au-delà de laquelle l'homme s'engagerait dangereusement : 2 × 7 + 3. Soit dix-sept ans. C'est le nombre d'années maximum qui doit séparer un couple. A vérifier. Je n'ai jamais vu Georges habillé autrement qu'en costume noir ou gris finement rayé. Son physique calviniste, sa myopie hautaine, ses manières réservées, jusqu'à sa bouche, un mince filet de lèvres qui ne laisse place qu'au secret et à la jouissance, tout en lui respire la réserve, l'ascétisme, l'élégance distinguée. Seul son rire le trahit. Il rit une main devant la bouche, le corps secoué de spasmes, comme un gamin qui aurait fait un coup pendable. Les hommes conservent mieux leur enfance que les femmes. J'aime tout ce qui a résisté en lui, son rire sous cape, sa belle carcasse d'étude, rageuse et déliée, son amour pour moi. Je suis arrivée deuxième dans la vie de Georges. La mère de ses enfants n'avait pas quarante ans quand elle s'est évanouie à l'arrière d'un taxi. La dernière fois qu'il l'a vue, après de longs mois de traitements, elle reposait dans son lit de jeune fille, bercée par l'océan. Il s'en est allé, un enfant sous chaque bras, de l'autre côté de la mer, sur un nouveau continent. Son fils a hérité de sa bouche finement ourlée, un joli sourire qui fait chavirer le cœur. Sa fille a hérité de ses boucles blondes et de ses taches de rousseur. A force, j'ai fini par les aimer comme s'il en allait de ma vie, de ma responsabilité, de ma chair. Et peu de temps après que nous nous sommes installés tous les quatre sous le même toit, j'ai rêvé de leur mère. Elle veillait sur nous. C'est ainsi que je l'ai toujours ressentie : une présence bienveillante, lumineuse et encourageante.

— Georgy, ça me fait plaisir de te voir !

Mon père a un copain. Il file dans le salon, change de CD, met un morceau plus entraînant, troque son pull dans la foulée pour demander son avis à Georges. D'une manière générale, j'ai l'impression d'être la mère de mon père, mais là, quand ils sont tous les deux, avec cette capacité qu'ont les garçons à rajeunir entre eux, c'est l'enfer. J'ai cent ans. Toujours ce contretemps. Mon père aime faire un point politique avec Georges, dont c'est le métier. En échange, il lui fait un point gonzesse, secteur dans lequel il a du métier.

— Tu sais, Georges, le problème avec les

Moches, c'est que tu crois qu'elles vont être plus faciles à choper, erreur. Les Moches sont plus demandées que les belles que personne n'ose aborder. Et quand tu les as finalement décrochées, non seulement elles te prennent la tête comme toutes les autres mais elles ne sont pas plus fidèles.

Georges rit de bon cœur. Je pars chercher un couvert supplémentaire. Il ne sait pas que l'on attend quelqu'un. Autrement, je le connais, il aurait apporté deux bouteilles de vin. Je boulotte un peu de pain, en passant. De retour au salon, mon père et lui parlent de la guerre. En politique comme pour tout, mon père est aussi provocant que Georges se veut mesuré. Il est pour la guerre et contre les Verts, ça n'a rien à voir, mais ça rime. En parlant de guerre, j'aime la théorie de cet ami, qui a décidé de faire vieux très jeune, lui, pour qu'on lui foute la paix : « Les Américains mènent la guerre comme une tragédie grecque, en trois actes. Or Bagdad est la ville des Mille et Une Nuits, de l'éternel recommencement. » Tout est dit. Mon père exècre donc l'écologie : « La nouvelle religion du siècle, Mère Nature a remplacé Dieu le Père, les

Verts ont réinvesti la culpabilité laissée en friche par le catholicisme », et, dans la même veine, les trentenaires qui se prennent pour des héros parce qu'ils ont une poussette. « Une génération de faux nez, de lâches et de fainéants, politiquement correcte, obsédée par l'idée d'acheter un appartement et qui ne pense qu'à poser des RTT pour faire le pont. » Je connais bien des trentenaires qui, histoire de, reprochent aux vieux de leur avoir tout piqué : leur travail, leur copine, leurs fringues, leur fric, et même leurs illusions. Sous-entendu : on n'a déjà pas eu l'amour libre et le plein emploi, laissez-nous au moins nos tee-shirts ! Et qu'*in fine* il faudra payer leur retraite jusqu'à cent ans, sans contrepartie, puisqu'ils ne meurent jamais. Je note simplement que l'Occident veut s'habiller en taille huit ans. Ce qui est amusant quand on pense que pendant des siècles on grimait justement les enfants en grandes personnes, leur donnant l'air de nains morbides. Plus la durée de vie s'allonge, moins les étapes sont tranchées. Les frontières s'effacent, se diluent, tout le monde nage dans le même âge, une adolescence sans fin dont personne n'est dupe. Alors qu'au loin, c'est tout le contraire, le monde à l'envers. Les enfants deviennent adultes sans transition à treize ans – l'âge des règles pour les filles, du travail pour les garçons – et s'étonnent qu'on traite chez nous les vieux avec si peu de respect et les jeunes avec autant d'attention. La moitié sud de la terre est privée d'adolescence et la moitié nord en a à revendre. Peut-être pourrions-nous un jour, à la manière des quotas de pollution, inventer un genre de permis à points qui permettrait aux riches de s'octroyer quelques jours de responsabilités, un rail de maturité, une vie d'adulte en apnée ? En contrepartie, les pauvres pourraient aller au cinéma, acheter des Nike, ou faire un tour à l'université.

— Heureusement, Big, tu as échappé à tout ça.

C'est le problème de mon père, je lui ressemble, alors il me surestime.

— Tu sais, Big, je te l'ai souvent dit et je le redis devant Georges. Je voulais une fille qui me ressemble. Avec toi, j'ai été comblé. Je n'ai jamais désiré d'autres enfants, et, chaque jour qui passe, je me félicite de cette décision. Non seulement parce que je t'aime, comme tout père aime sa fille, mais parce que je suis content du chemin que tu prends.

Georges, convaincu que le silence c'est le pouvoir, se contente d'opiner du chef et moi je ne dis rien. A mon âge, paraît-il, il est plus que temps de tuer le père, ou la mère, je ne sais plus (si Œdipe était resté jusqu'à vingt ans à la maison, il aurait peut-être vu les choses différemment). Moi je veux bien. Mais comment tuer un être aussi sympathique ?

Chapitre 4

Vendredi soir. Vingt et un ans.

Nous sommes assis à notre table d'angle habituelle. A l'heure qu'il est, mes joues doivent probablement se fondre dans le cramoisi des rideaux. Je ne savais pas comment lui annoncer la nouvelle, alors j'ai pris n'importe quelle conversation en marche, ignorant tout de sa destination :

— Papa, j'ai un nouveau fiancé. C'est drôle, parce qu'il est né le même jour, du même mois, de la même année que toi !

J'ai dit ces derniers mots comme on percute un mur, avant d'ajouter :

— Et j'habite chez lui.

J'ai tout de suite adopté son appartement, qui pourrait en accueillir quatre comme ma bonbonnière d'étudiante, et collé mes affaires dans son placard. Ce que j'apprécie, chez Georges, c'est que cela fait famille. Et pas garçonnière. Vieille grotte pleine d'échos où telle conquête a posé la moquette, telle autre les étagères de la cuisine, et où chacune a tenté péniblement, après bien des tractations, de marquer son territoire, d'en remettre une couche, transformant l'appartement en site archéologique et la dernière arrivée en spéléologue ou en chef des fouilles. « Sous ce château Napoléon, on trouve les fortifications de Philippe Auguste, qui reposent sur une cité gallo-romaine, qui a préservé une tombe de Francs, qui recouvre des fossiles de crevettes du tertiaire. » Sous le tapis persan rapporté d'Iran par Marie, on découvre des restes du jonc de mer qui arrache les pieds posé par Nath-la-Perverse, qui lui-même recouvrait le très joli plancher en bois clair typique du règne de Djemila II, que l'on retrouve d'ailleurs dans la salle de bains. Et puis, chez Georges, il fait chaud dans la salle de bains, le frigo est toujours plein, les éclairages sont chiadés, il y a de vrais meubles et un tas d'objets.

Mais tout n'était pas gagné d'avance.

La première fois que je l'ai vu, je l'ai trouvé laid. Enfin non, la première fois que je l'ai vu, je ne l'ai rien trouvé du tout. Il était drôle, j'étais troublée. Je voulais travailler et il pouvait me conseiller. C'est ensuite que j'ai commencé à le trouver laid, quand je me suis intéressée à lui. Et plus il m'intéressait, plus il devenait laid. Quand j'ai fini par l'envisager, j'ai prévenu mes copines : il est laid, pire, IL EST CHAUVE. Elles me l'ont rappelé à chaque dîner les sept ans qui ont suivi et encore aujourd'hui. Il faut dire qu'à vingt ans, un chauve, c'est l'aventure. Pour être précise, Georges n'était pas tout à fait dégarni. Il lui restait une frise de cheveux, un périphérique, une petite ceinture. Mais c'était la première fois que j'observais de près un crâne vivant. Ses bosses, ses nuages de taches, ses petites peaux – sur son shampooing que je me gardais bien d'emprunter était écrit le mot « squame ». Car le soleil est traître pour les chauves, qui comme tous les amputés oublient que quelque chose s'en est allé. Cela les rend fragiles, ce temps qui les rattrape et les prend par surprise et par-derrière. Susceptibles, aussi. Georges avait deux veines en forme de V qui partaient de la racine du nez, un nez sensuel et boulé, pour rejoindre les tempes. Et tout en haut de ce front interminable, un front Renaissance, il restait trois ou quatre cheveux, pile au milieu. Mais face à l'adversité, Georges avait su, comme toujours, rester élégant. Il nous avait épargné « la Bouteflikette », baptisée ainsi en hommage au président Bouteflika, qui consistait à laisser pousser ses cheveux d'un côté pour les rabattre de l'autre, et camoufler la partie nue et charnue.

Mais le crâne n'était pas ma seule obsession même si j'avais dans un premier temps du mal à m'en détacher. Mon autre point de chute était ses lèvres. Il n'y en avait pas. Parties. Ou alors juste un filet qui balafrait son beau visage émacié. En fait, elles étaient rentrées. Elles existaient bel et bien mais à l'intérieur. C'était un garçon en retrait. Il fallait être dentiste ou très amoureuse pour les deviner (tout comme ses longs cils blonds, presque blancs). La première fois que je vis Georges, j'eus tout loisir de les observer. Il m'avait donné rendez-vous dans un salon de thé microscopique qui moud son propre café « à l'ancienne », dans un de ces quartiers où tout ce qui est estampillé ancien semble synonyme de bien. Nous étions donc assis sur nos chaises en bois, le nez plongé dans des tasses à thé nippones pas plus grandes que des dés à coudre, ce qui posait un problème aux nez boulés, mais surtout la tête à vingt centimètres du percolateur : impossible d'entendre quoi que ce soit d'autre que cette vieille rengaine du passé. Je compensais en prenant l'air émerveillé entre deux gargouillis, comme ma mère me l'avait appris, m'accrochant aux malheureuses bribes de phrases qui arrivaient en morse à mon cerveau jusqu'à ce qu'il n'y ait plus rien à en tirer. Mais j'étais mortifiée car il s'agissait là d'un rendez-vous professionnel. Le travail représentait pour moi la chose la plus importante, la plus énigmatique et désespérante au monde. Une entité qu'il me fallait pénétrer à tout prix et très vite au risque de ne pas m'en remettre. Et Georges, en me fixant rendez-vous dans un café, près de son bureau, qui plus est, me signifiait clairement qu'il n'avait pas la vie devant lui. Aussi, plus le temps filait, plus je me résignais à l'idée de passer pour la ravie du village, et plus je voyais ma carrière, mon indépendance, ma liberté, s'envoler vers une destination inconnue. Je regardais bouger ses lèvres, comme au cinéma muet, en me demandant quelle sensation cela pouvait bien procurer de les embrasser – décidément cela m'intriguait – et en pensant qu'il faudrait vraiment que je me mette, un jour, au café.

Après plusieurs va-et-vient, j'ai fini par entrer dans son lit. Avec mon caleçon et ses BD, en guise d'armure et de bouclier. « J'ai passé l'âge de dormir avec une fille sans la toucher », m'a-t-il prévenue. Il était allongé, sur le dos, à mes côtés, j'ai glissé ma main sous sa nuque, entre son cou et l'oreiller et j'ai senti sa peau un peu plus flottante que la mienne ; douce, duveteuse et molle, ce fut notre premier contact. Le lendemain matin, je le quittais. Et ainsi de suite. Je mettais la journée à m'affaiblir, je l'appelais le soir, j'allais dormir chez lui, je découvrais émerveillée que l'on peut prendre du plaisir autrement que par hasard, et je fuyais, dégoûtée, dès potron-minet. Lui m'apprivoisait lentement, s'asseyant sur ce que je pensais être sujet à vexations et me rendant ma liberté à bon escient. « Ça n'est pas grave », « ça ne changera rien entre nous », « n'hésite pas, si tu as oublié quelque chose », me répétait-il, fin tacticien, sans jamais se départir d'une certaine ironie. Je repartais, ragaillardie, en pensant m'être fait un ami pour la vie, un truc de fille. Je humais le vent frais du matin, je regardais le ciel de la Concorde, le plus beau de Paris, je remontais le fleuve encore lisse et vierge, j'étais libre avec la journée devant moi, et pas loin, la vie. Mais, le soir, l'angoisse refaisait surface, l'envie de le voir ou de la partager. Et puis, un matin, la nausée m'est passée. J'avais fait le plus dur. Cet amour n'était pas naturel. Et pourtant je m'étais donné un mal considérable pour qu'il voie le jour. J'avais intrigué, téléphoné, déjeuné. J'avais choisi des tenues chamarrées, pris les devants. Surtout, j'avais surmonté mon écœurement pour ce vieux corps sexy qui m'attirait. Je me réconfortais en constatant que plus on vieillissait, plus on aimait les choses dégueulasses, les trucs qui puent, l'inconnu. Le caviar, le fromage, les huîtres sont des trucs de vieux. Comme les partouzes. Le mécanisme est aussi vain qu'éculé : s'enfoncer dans le scabreux pour retrouver, paradoxalement, la pureté des sensations premières. Proust, sur le tard, avait paraît-il besoin de voir des rats s'entre-tuer pour bander. Mais quand on est jeune, on aime le Chavrou et les souffrances de Werther. A partir du moment où j'ai pu rester pour le petit déjeuner, tout est rentré dans l'ordre ou presque.

Au début, jusqu'à ce qu'il oublie, Georges refusait catégoriquement de me donner la main dans la rue. La peur, sans doute, de passer pour un vieux satyre. Avec ses longs manteaux noirs, il avait quelque chose d'un M le Maudit de Fritz Lang. Il m'attrapait le bout des doigts sous les échafaudages, dans des ruelles désertes ou des impasses. C'était d'autant plus étrange, que cette relation lui brûlait les lèvres. Quelques jours après les débuts de notre très discrète liaison, il avait ainsi croisé une vieille amie qui déposait ses enfants au lycée. Alors qu'elle s'enquérait de ses amours, il ne put s'empêcher de tester la nouvelle, de lui cracher le morceau. « Quel âge ? » avait-elle demandé, en retour. « Vingt et un ans », l'avait-il assommée. Elle était remontée dans sa voiture sans autre forme de commentaire, mais semblait, d'après Georges qui s'en rengorgeait presque, avoir perdu deux tailles. Du coup, c'est moi qui insistais pour qu'il me prenne la main. Moi qui avais mis tant de temps à faire mes nuits, j'étais fière de m'afficher ainsi au grand jour, à ses côtés. De provoquer. Quel drôle de ménage. Nous avons donc fini par trouver un terrain d'entente : je lui donne la main, qu'il cache sous sa manche.

J'ai souvent repensé à cette femme qui serait bientôt moi. Je l'imagine sanglée dans un imper, remontant dans sa voiture, un peu tassée, maugréant « quel con ! » dans un créneau rageur, à l'image de sa vie. Dans un premier temps, ce sont les femmes qui distribuent les cartes, les hommes prennent tout ou presque. Après quarante ans, l'âge où les femmes se tournent vers Dieu ou l'argent (dixit Saint-Simon), mettons cinquante ans aujourd'hui, les rôles s'inversent et la revanche tombe. Il faut bien reconnaître qu'il est plus fréquent de croiser un vieux barbon avec une nymphette qu'une femme mûre avec un jeune amant, à moins qu'elle ne soit célèbre ou pousse le cynisme jusqu'à la République dominicaine. Mais peut-être que la notoriété, à l'instar de l'Amérique, a dix ans d'avance sur nos mœurs et que bientôt hommes et femmes seront à égalité face à la jeunesse. En attendant, la femme à la voiture, elle, devait nous maudire. L'homme de cinquante ans, l'âge de son mari, avec une gamine de vingt-cinq ans de moins, quel lieu commun. D'autant que, jeunisme aidant, après les hommes de cinquante ans, ce fut au tour des hommes de quarante ans de quitter leur femme de trente ans pour des filles de vingt ans. Et aujourd'hui, ce sont les hommes de trente ans qui, après dix ans de purgatoire aux côtés d'une bêcheuse de leur âge, se marient avec des jolies de dix-neuf ans et demi. Les hommes ont toujours voulu des vierges – de la polygamie, sans les ex. La nouveauté, c'est que maintenant, ils les veulent jeunes. Ainsi, les femmes ont beau travailler, commander, gagner de l'argent, le dépenser, coucher avec qui elles veulent, bref « vivre comme des mecs » selon l'expression de monsieur L., ou « comme des pédés », célibataires et consommateurs, nouveaux citoyens modèles de nos sociétés, il n'en demeure pas moins une profonde injustice. Une injustice qui remonte à la nuit des temps et semble d'autant plus intolérable : à quarante ans et des poussières, quarante-deux ans selon les experts, elles ne peuvent plus faire d'enfants. Peu importe qu'elles en désirent ou non, le symbole les marque au fer, comme la fleur de lys désignait autrefois les prostituées, la fleur de l'âge signifie qu'elles sont périmées, ravalées au rang d'objet de consommation, tel un vieux yaourt. Le fait de paraître vingt ans de moins ne fait qu'ajouter à la perversité. Certaines résistent mieux que d'autres. Mais il y a quand même de quoi paniquer, un moment.

La fille de Georges m'a d'emblée détestée. Elle est le portrait craché de son père avec des cheveux longs et le même air rageur et fier. Je ne connais pas son âge, mais elle m'arrive au ventre. A vue de nez, je dirais donc sept ou huit ans. Entre elle et moi, c'est la Guerre des Trois, la bataille pour tout : le programme télé, le dernier yaourt aux fraises, et surtout qui passera le plus de temps auprès de son père. Chaque jour, les compteurs sont remis à zéro. Dernièrement Georges a dû la rappeler à l'ordre, lui intimant de ne plus entrer dans la chambre sous n'importe quel prétexte et à tout instant en frappant comme une damnée contre la mince cloison qui nous sert de porte et de rempart à ses assauts répétés. Elle m'a foudroyée du regard, a fait demi-tour, et n'est plus jamais revenue. Avec son frère, nous avons sept ans d'écart. Il n'a pas encore de guitare, mais en désire une ardemment. Il a treize ans. Il lui suffit d'entrer dans une pièce pour que l'air se fasse rare. Il est impertinent et gentil, déambule maladroitement torse nu pour attirer le regard, s'engage dans une longue bataille, sourde de reproche, contre son père, lequel m'entoure d'égards, se faisant cinglant avec ses enfants, de peur que je ne m'envole. Le matin, il leur demande ainsi de ne pas faire trop de bruit quand ils partent pour l'école et que je traîne encore au lit. Le soir, il leur prépare à manger dans la cuisine, avant de sortir dîner en ma compagnie. Car je suis la seconde chance, la deuxième vie.

Pour ma part, je n'ai pas d'enfants, mais j'ai mes parents. Maux comptent double. J'en ai d'abord parlé à ma mère (avant de m'attaquer à la face nord : mon père). Elle était assise à son bureau, dans sa chambre, les yeux fixés sur ses dossiers. J'ai un peu tourné en rond, regardé par la fenêtre, bougé l'air pour attraper son attention, en vain. Puis, n'y tenant plus, je lui ai annoncé la nouvelle : « Je sors avec Georges. »

La réponse ne s'est pas fait attendre :

— Je ne sais pas comment tu peux… Avec sa bouche en bonde d'évier.

Les mères trouvent toujours le mot sympathique, celui qui va marquer et refaire surface insidieusement des années après, quand plus rien ne va. Je sentais pourtant qu'elle trouvait du charme à Georges, si ce n'est plus. Elle l'avait connu bien avant moi, ils avaient déjeuné ensemble. Mais toutes les mères sont ainsi, elles commencent à apprécier leur gendre à la minute où il est parti. Un jour, excédée par ses remarques, je lui ai demandé avec qui elle me verrait, comme ça, idéalement, afin que je puisse me faire une idée, éventuellement rectifier le tir avec le temps. « Tu peux choisir qui tu veux au monde, lui avais-je dit. Même des acteurs, même des morts. Alors, qui ? » Elle conduisait nerveusement. Le buste près du volant, la tête presque collée au pare-brise, la boîte de vitesses en main. A l'entrée du pont, au feu rouge, là où elle m'avait annoncé des années auparavant qu'elle sortait avec un sculpteur kabyle, elle s'est affalée sur son siège, a pris une longue inspiration, puis m'a dit l'air pénétré : « Jean-Claude Hinne. »

Jean-Claude Hinne, que nous désignions toujours par son prénom et son nom si bien qu'un de nos amis pensait qu'il s'appelait réellement Jean-Claudine et qu'il venait du Lubéron, était un copain de ma mère. Une grande endive sympathique, quoiqu'un peu molle, mais surtout pédé au dernier degré, comme tous les amis de ma mère – le double effet musique classique. Parmi tous les acteurs, héros, révolutionnaires, mannequins, intellectuels, chercheurs, artistes, connaissances, amis, parents, passés, présents, à venir, qu'elle pouvait choisir – j'avais volontairement ouvert au maximum le champ des possibilités – elle n'avait pensé qu'à une seule personne. Et il se trouvait que cette personne n'aimait que les hommes. Sans commentaire. Bien sûr, je savais qu'au fond d'elle, ma mère, petite fille limougeaude qui ne goûtait rien tant que les gouapes du Sud, rêvait pour moi d'un grand mariage blond. Une cérémonie retransmise en direct à la télé, avec Léon Zitrone ressuscité pour l'occasion. Elle voulait que j'épouse le prince Charles, ou son fils, ou un neveu. Elle voulait une traîne d'un kilomètre. Elle voulait que ses copines crèvent de jalousie et que son coiffeur, une espèce de chose tirée et perpétuellement calcinée qu'on appelait « Grille-Pain » parce qu'il avait l'air d'en sortir, lui garde les pages de *Gala*. Bref, elle se voyait Camilla Parker Bowles, chapeau fou au vent et chauffeur dans la Jaguar qui attend. La particule, c'est le fantasme ultime d'intégration. Tous les bourgeois et les ashkénazes vous le diront. Et ma mère, toute sa vie, avait cherché à plaire, à se réinventer, pensant son histoire trop médiocre pour intéresser des gens qu'elle surestimait. C'était une conteuse-née. Tout ça parce que sa propre mère, une musicienne dure, drôle, exigeante, et toujours impeccablement mise, lui avait dit un jour qu'il y avait des endroits où elle n'aurait jamais ses entrées. « On est ce que l'on naît. » De quoi motiver et complexer à vie. Je n'ai pas eu ce problème. Grâce à elle et à mon père, je n'ai pas eu à *monter sur* Paris, ni dans l'échelon social. Je n'ai pas eu à revendiquer autre chose que ce que j'étais. Sauf peut-être vers douze ans quand on se rêve l'enfant de n'importe qui, plutôt que de ses parents. Je suis née au centre, bien entourée.

Quant à mon père, c'est une autre affaire. Enfant, il voulait que j'épouse un champion olympique pour régénérer mon sang et le sien – davantage normand qu'italien. Parce qu'entre les rhumes à répétition, mon teint hâve et la tachycardie, il trouvait qu'un coureur de fond, un lanceur de marteau ou même un nageur qui chausse du 54, ne pouvait que me faire du bien. Et pour couronner le fantasme, il le rêvait noir, l'équivalent, j'imagine de la Catholique Pratiquante en version masculine. « Tu comprends, Big, tu fais un peu fin de race », m'expliquait-il. Fin de race, je ne sais pas, fin de lignée, c'est sûr. Ni cousin, ni neveu, ni frère, ni sœur, ni rien, je suis la fille unique. La descendance. Et descendance n'est pas un vain mot. Mon père avait donc tout prévu : un enfant par immaculée conception, qui porterait bien évidemment son nom et auquel il avait déjà trouvé un prénom – fille ou garçon. Lui-même n'avait jamais connu son géniteur, dont il portait le pétaradant patronyme. Un marin italien de passage, qui avait fait deux enfants à ma grand-mère, une solide fermière normande, grande pour sa génération et belle comme une actrice, avant de mettre les voiles. Qu'à cela ne tienne, ma grand-mère, qui n'avait pas eu de père non plus, ces choses-là se transmettent plus certainement que la couleur des yeux, quitta son bled et l'opprobre, ouvrit un bistrot à Cherbourg, puis sur l'autoroute Paris-Normandie et ainsi de suite jusqu'à l'avenue Montaigne. Mon père était habillé sur mesure et choyé comme on l'imagine mais retournait pour ses vacances au bled. Là, il retrouvait les vaches, la jument qui pète, les maisons frileuses, la cousine lubrique, les gens blancs et confits dans le calva, mais aussi les boums à Carteret et les virées en scooter. Un jour, Grille-Pain, le coiffeur de maman, m'avertit qu'une cliente du Sud lui avait causé d'un vieux Ruggieri, mal en point, qui pourrissait dans les environs de Cassis. Personne n'a relevé.

Tout ça pour dire que Georges n'était pas le Gendre Idéal, mais…

— Tant que vous ne faites pas d'enfant ! (Je reste leur fille, eux restent jeunes.)

C'est ainsi qu'il a réagi.

Chapitre 5

Georges m'embrasse délicatement le front, comme il le fait depuis notre première rencontre. Il pose ses deux grandes mains de chaque côté de mon visage, jusqu'à ce que ma tête disparaisse, et me dépose un baiser à la lisière des cheveux. Dans ces moments, j'ai la sensation douillette qu'il me broie et me tient hors de l'eau. Cela fait longtemps que Georges et moi ne nous sommes pas vraiment embrassés. « A ce stade, c'est pas du cocooning, c'est du bunkering », avait ironisé un ami, las de nos désistements, au début de notre histoire. C'est vrai. Il était mon monde, ma boussole, mon tuteur, l'homme qui prenait le relais, qui allait me sauver. J'étais arrimée à lui, pendue à son téléphone toute la journée. N'en revenant pas de pouvoir ainsi sonner un être sur cette planète. Et un être de qualité. J'étais accro à son avis, incapable de faire un pas sans lui, une rééducation permanente. Je vivais comme une rupture la plus infime des séparations, qu'elle soit intellectuelle, charnelle ou même visuelle. Un jour qu'il s'intéressait d'un peu trop près à une vieille voiture toute cabossée qui gisait dans un fossé, je me suis enfuie, j'ai détalé et l'ai semé dans la forêt. Le temps accordé aux autres, même à un objet, jouait contre moi. Il n'était pas beau selon les critères parentaux, mais avec l'âge, les types de son genre, pour peu qu'ils restent secs et s'habillent classe, ont des têtes de rockeur anglais. Georges était l'homme le plus élégant du quartier et j'étais bien plus complexée : la peur de passer pour une idiote, un anachronisme, un cliché. Le monde est bien fait, qui sait inverser les rôles. Et quand on se rend pleinement compte du pouvoir de la jeunesse, il est trop tard. Mais ça n'est pas grave, en temps voulu, je me vengerai sur la génération qui suit. Là, je suis encore un peu trop jeune pour aimer les plus jeunes, mais déjà trop vieille pour continuer ainsi. On me demande souvent pourquoi je ne sors pas avec un homme de mon âge. Je n'en connais pas. L'homme, entre trente et quarante ans, disparaît. Il est happé par un trou noir, un peu comme les filles en Russie. On les voit très jeunes, dégainer par – 20° leur minijupe et leurs talons vertigineux sur la place Rouge. Puis à partir de vingt-cinq ans, plus rien. Elles s'effacent d'un trait de gomme et réapparaissent, vingt ans plus tard, sous terre, dans ce métro grandiose, avec vingt kilos de plus. Mais peut-être que je me trompe. J'aime les Russes, leurs icônes sang et or de nouveaux riches, leur cosanguinité, cette manière de vous gueuler dessus dès qu'on ne traverse pas dans les clous, de boire comme des trous, de lire Tolstoï et de prier Roublev alors que le vent bat les bouleaux d'argent dans les cimetières. Là-bas, au moins, les filles font très filles et les garçons très garçons, on n'a pas encore inventé l'unisexe, le grunge, l'uniforme d'ado attardé pour tous, la belle ambiguïté d'un vieux continent décadent. L'erreur est de penser que les Russes sont comme nous parce qu'il faut plus de temps pour rallier New York que Moscou.

Erreur. Si l'entrée est à portée de main, la sortie est douze fuseaux horaires plus loin et, jusqu'ici, aucun intrus n'y est parvenu. Bref, pour moi, l'homme de trente ans est une Russe qui s'ignore, une impasse. Il est sur sa lancée. Il n'a plus la fraîcheur perverse de l'adolescent, et pas encore le charme du vieil iguane. Il y aurait beaucoup à dire, on pourrait même écrire un livre sur l'homme de trente ans. Ses assiettes de légumes, ses premiers costumes et ses airs condescendants. Chiant. Mais je me tais. Tout le monde sait, mais se tait, parce que l'autre, en face, pense encore pire. A vingt ans, je n'en étais pas là. J'étais mal dans ma peau. Aussi, pour reprendre le dessus, je lui faisais l'amour toute la journée. J'occupais le terrain. Nous nous rassurions mutuellement en jouant de nos craintes.

Du fin fond de la cuisine, mon père demande s'il ouvre du rouge, du blanc, ou si l'on reste au champagne. Le vin est stocké dans une espèce de petit réduit placé sous la fenêtre et ouvert aux quatre vents qui, autrefois, servait de frigo naturel dans ce type d'appartement. Ma mère avait coutume d'y ranger les assiettes, si bien qu'en hiver, il nous fallait sortir les couverts environ une demi-heure avant de dîner, les aligner sur le radiateur, ou les baigner d'eau bouillante, pour pouvoir envisager d'y déposer quoi que ce soit de comestible. L'appartement n'avait pas la taille de Versailles, loin de là, mais on y soupait toujours froid. De la même manière, les petits matins d'hiver étaient austères. Traverser le long couloir qui mène à la salle de bains – la cuisine demeurait impénétrable à cette heure –, entrer, sur la pointe des pieds sur le carrelage gelé, faire couler l'eau chaude, attendre perché sur les toilettes que la buée réchauffe un peu la pièce. Brr…

Georges pense que le champagne, c'est pas si mal, pour commencer. Mais qu'un vin blanc se marierait davantage avec le saumon, même si le champagne va avec tout. De son côté, mon père pencherait plutôt pour du rouge – il n'aime que le rouge. Le rouge et le blanc ? Je file me laver les mains dans la salle de bains, un atavisme. Au moment de m'emparer de la serviette, c'est plus fort que moi, j'attrape le tube de crème hydratante, et le renifle par petites prises comme un vieux loup de mer. Ça sent le frais, le propre, quelque chose entre la peau de bébé et la pharmacie. Toutes les fiancées de mon père m'ont laissé une forte emprunte olfactive. Ma préférée : Sandrine et le N°19 de Chanel. La pire : Patricia, qui avait une peau de blonde tellement rance qu'aucun parfum n'en venait à bout. Il tournait. A quoi pouvait bien ressembler une Catholique Pratiquante, baptisée Fallen, qui mettait des produits de beauté aussi sobres ? Peut-être était-ce une femme du 16e arrondissement, de la rue Raynouard, comme la mère de mon amie Sonia, qui, à quarante ans, portait comme nous des jupes plissées bleu marine en dessous du genou – si ce n'est que le règlement de notre école nous y obligeait – et dormait la fenêtre ouverte même en hiver ? Ou alors une étrangère : une grande Américaine au corps dur et un peu secouée, une fille des îles, une Asiatique ? Mon père a eu sa période « China Girl » en même temps que David Bowie. Elle s'appelait Chulan et me rapportait des montres dont le cadran reproduisait la tête de héros de dessins animés japonais, ce qui achevait de me la rendre sympathique. Mais, depuis, plus rien. Il aurait pu la rencontrer de l'autre côté de la rue, devant la petite chapelle, qui fait salle comble le dimanche, l'emmener au café du coin, commander un ballon au zinc, lui dire « Ceci est mon sang ». Après tout, il a bien séduit une de ses maîtresses en lui envoyant, à travers notre restaurant, un avion en papier fabriqué dans la nappe… D'un coup, l'image d'une Fallen en robe de bure ardoise avec des sandales aux pieds et de grosses chaussettes en accordéon qui grattent me traverse l'esprit. Je colle mon front à la fenêtre de la salle de bains pour tenter d'apercevoir une dernière fois la silhouette de cette nouvelle femme. Et je me vois. Le sosie de mon père, avec l'expression de ma mère. « Normal, elle m'a élevée », dis-je lorsque l'on me le fait remarquer. Je discerne une petite ride qui ne s'en va plus sous mes yeux. Le gauche, surtout. J'ouvre le tube de crème, en pose un peu au coin de l'œil, tapote comme on le fait dans les pubs et tente de la lisser du bout des doigts, en allant de l'extérieur vers l'intérieur. Il va falloir que je m'y mette, un jour. Que je rentre dans l'arène. Avant qu'il ne soit trop tard. Je ne peux pas rester sur la réserve toute ma vie.

Mais d'abord, il va falloir que je déblaie le terrain, que je les dégage, tous. Un à un.

— Y a qu'à prendre du rosé ! dis-je, mal lunée, en revenant dans le salon.

Je ne connaissais qu'une personne qui boive du rosé, mon grand-père. C'était son petit bonheur : sa terrasse niçoise, le Jeu des mille francs, la colline couverte de mimosas, et son verre de rosé, avec un sucre dedans. Mon grand-père avait des cheveux blancs fins comme des fils de soie, des mains de musicien qui battaient la mesure lorsqu'il écoutait le foot ou Chopin sur son vieux transistor et des yeux bleu transparent du Nord. Il a quitté la mine à quatorze ans pour la contrebasse. Il est mort dans son lit à quatre-vingt-quatre ans en s'inquiétant de savoir si la voiture était bien garée. C'était une Citroën vert métallisé.

— Laissons Fallen décider, tranche mon père depuis la cuisine.

— Qui est Fallen ? me demande Georges.

— C'est la nouvelle fiancée de mon père.

— Il fait fort sur les prénoms en ce moment.

La précédente s'appelait Charlène. Georges l'avait illico rebaptisée Charlène et mohair.

Laine et mohair… Ça va pas loin, mais ça fait toujours plaisir.

— Tu aurais pu me prévenir que tu venais, lui dis-je.

— C'était une surprise. Et puis, tu l'as peut-être oublié, c'est mon anniversaire aussi. Mais tu aurais peut-être préféré le fêter avec quelqu'un d'autre ?

Je ne l'ai pas oublié, loin de là. Cela fait un mois que je négocie avec un vendeur trentenaire qui porte des chemises à carreaux bleus sous ses costards gris la montre de ses rêves. Un cadeau bien trop cher pour moi, pour mon âge, pour mon salaire. Mais il en rêve depuis que l'on se connaît. Et, je ne sais pas pourquoi, mais cette année j'ai envie de lui offrir quelque chose qu'il n'oubliera jamais. Sans doute parce que je vais le quitter.

— Je devais passer cette soirée en tête à tête avec mon père pour son anniversaire et voilà qu'on se retrouve dans une pièce de boulevard.

— Le boulevard, c'est toi. Pas moi.

Dring, on sonne. A force, j'avais fini par espérer qu'elle ne vienne jamais. Mon père accourt dans le salon avec le champagne, balance la bouteille à Georges : « C'est ton anniversaire, à toi l'honneur. » Puis, il repart en trombe dans le couloir, glisse sur le parquet : « Yes ! » J'ai le cœur qui s'emballe à nouveau. Mon père, mon mec, sa fiancée... enfin, la fiancée de mon père. C'est trop. Je regarde Georges, qui s'efforce d'ouvrir le champagne. Que faire ? L'aider ? Me jeter par la fenêtre ? M'envoyer un sms ? Le portable, c'est la nouvelle cigarette, question contenance. La porte d'entrée s'ouvre, je tends l'oreille.

— Hello, mon Bébé, c'était bien l'école ?

L'école ? L'écho de ses talons sur le parquet résonne comme une claque. A l'impact sur les lattes, au léger déséquilibre dans la vibration, je sais qu'elle porte des talons aiguilles, ça n'est pas sœur Teresa. Elle s'approche : claque, claque, claque. Un temps d'arrêt. Le bruit est plus mat. Elle doit faire en sorte de marcher sur la plante des pieds pour passer plus discret. Je suis en apnée, mais alors qu'elle est sur le point d'apparaître, la voilà qui veut se laver les mains. Je n'ai pas rebouché le tube de sa crème. Je ne les rebouche jamais. Elle bifurque vers la salle de bains. Pendant ce temps, Georges s'échine toujours sur la bouteille. Ses longs doigts tremblent : le café. Mon père vient l'aider. Bruits de robinets. La porte de la salle de bains qui s'ouvre et se referme. Mon père qui laisse tomber Georges à nouveau, et se précipite vers la porte.

— Big, Georges, je vous présente Fallen !

Explosion de joie de la bouteille de champagne.

— Fallen, voici Georges et…

Je sors du rideau où je faisais semblant d'écrire un texto.

— … Big.

Elle a de toutes petites chevilles prêtes à casser sur ses talons aiguilles. Je repense aux cornes de gazelle, la pâtisserie marocaine, qui est en fait une mauvaise traduction de « chevilles de gazelle ». Elle a des chevilles de gazelle, si menues, si frêles. Le genou est encore un peu pris, pataud, dans son jus. Il n'a pas eu le temps de se délier, de se creuser, c'est un genou de bébé. Les cuisses sont droites comme des allumettes, la peau blanche, striée de veines, mal irriguée. Elle porte une minijupe plissée grise d'écolière et un petit bustier lacé dans le dos. Elle n'a pas de taille, pas de hanches. C'est un trait, une tige, une esquisse. Ses ébauches de seins ont du mal à pigeonner. Les épaules sont délicates et rondes. Des boucles de cheveux noirs s'échappent d'un petit chignon retenu par un stylo mâchouillé. Elle a la peau pâle, les lèvres rouges, un nez en trompette, des yeux noirs trop fardés et un léger strabisme qui rend l'ensemble touchant. C'est « La Petite » de Louis Malle. Elle me tend la main pour me dire bonjour comme si j'avais quarante-cinq ans. Puis glousse quelque chose à l'intention de Georges, qui, comme tous les myopes au monde, la regarde avec insistance droit dans le décolleté – l'envie de combler le vide ? Juchée sur ses talons, elle est à peine plus grande que moi. Mais je suis deux fois plus large. D'un coup, je ressens vivement mon gros jean, ma vieille paire de baskets, et ce pull gris de mon père que je me traîne comme une serpillière depuis des années. A chaque pas, elle tangue et menace de chavirer. Ses chevilles tremblent et, pour ne rien simplifier, ses talons se coincent dans les lattes du plancher. On dirait un bébé girafe ou une poupée ivre. Je n'arrive pas à défaire mon regard de ses souliers qui ressemblent à des strings. Des nu-pieds juchés sur douze centimètres de talons et arrimés au mollet par des lanières de cuir. La barrette sur les orteils est pixélisée de strass et la semelle intérieure, qui déborde de partout, est dorée. Ça ne peut être qu'un cadeau de mon père. Je devine même la marque, une boutique dans laquelle je ne mettrais jamais les pieds. Quant à la tenue d'écolière lubrique, Sade du bac à soldes, j'imagine que c'est censé lui plaire.

Georges, sourire en coin, propose un verre. Je sens que la situation l'amuse. Elle me révulse.

— J'adore le champagne, dit-elle, avec un étrange débit saccadé.

— Tu ne trouves pas qu'elle a la voix d'Amélie Nothomb ? me demande mon père.

Ah non, Amélie Nothomb, c'est moi ! La moche qui a du talent, ici, c'est moi ! Elle ne peut pas être tout à la fois : pute et brillante. Ecrire, c'est mon domaine, et mon père m'a toujours présenté Amélie Nothomb comme un modèle à suivre, une personnalité tranchée, quelqu'un qu'il chérit. Elle n'est pas là depuis dix minutes, qu'elle a déjà pris ma place.

Fallen poursuit son babil, entrecoupé de petits hoquets de rire. Je ne sais pas de quoi elle parle, je la regarde. Au détour d'une phrase, j'entends qu'elle a pris sa première cuite au champagne en lapant les fonds de verres à la communion de sa sœur aînée. Décidément, l'Eglise a beaucoup fait pour les vignerons.

— J'ai d'ailleurs rencontré Fallen en sortant avec sa sœur, poursuit mon père. Une fille sérieuse, mais qui avait déjà un fiancé, un garçon très bien, de son âge, qu'elle voulait épouser. Tu sais que la sœur de Fallen fait Normale Sup' ? Elle est la plus jeune bachelière de France. Fallen, elle, veut faire hypokhâgne.

— Ah.

Chapitre 6

Vendredi soir. Vingt-neuf ans.

Nous dînons avec ma grand-mère, exceptionnellement, pas de table d'angle, mais une table pour quatre, posée comme la pièce maîtresse d'une exposition, au centre du restaurant. Elle s'est habillée avec soin comme à chaque fois qu'elle nous voit, c'est-à-dire rarement. Peut-être deux fois par an. Elle porte son chemisier de soie blanche à lavallière, et la veste en grosse maille noire que lui a offerte mon père. Une longue jupe en gabardine légèrement fendue sur le côté qu'elle prend garde de fermer en s'asseyant. Et des bas beiges en soie qui plissent un peu sur ses chevilles et ses pieds creusés par les veines et les années. Elle a l'élégance des gens modestes qui, à l'époque, s'habillaient sur mesure. Le prêt-à-porter étant réservé aux grands magasins et aux gros porte-monnaie. Pas un de ses vêtements, à l'exception de nos récents cadeaux, n'a moins de trente ans. Sacs à main et souliers sont soigneusement rangés, entretenus, portés chez le cordonnier.

Je vois bien ce qu'elle a dû être. La silhouette est toujours en place : grande, solide, nerveuse. Une force de la nature. Je l'entends encore, avec sa gouaille de bistrotière, qui me parle de ses cousins « engliches » de Barneville, les « James », prononcés Jeamme, comme Jeanne avec un « m » : « Des maigreuses et des douze côtes, voilà comment qu'on les appelait les rouquins, y avait pas grand-chose à manger dessus. » Elle aussi devait compter parmi les « maigreuses », mais sensuelle. Avec une belle poitrine, des lèvres en cœur, des pommettes hautes, des cheveux noirs très épais et des yeux myosotis légèrement renfoncés dans leur orbite. Je me suis toujours demandé si c'était pour rendre moins ostensible ce que la nature lui avait donné, ou bien parce que personne ne lui avait jamais dit « tiens-toi droite », ou encore parce qu'elle avait tant trimé à la ferme et bien après, que ma grand-mère se tenait voûtée. Les hommes de sa famille, les oncles du bled, devaient être pareils, de beaux bossus. Eux qui, après le repas du midi, poussaient leur assiette du coude pour s'endormir sur la table, écraser dix minutes, la tête logée dans le repli du bras. Ma grand-mère était d'ailleurs née sur cette même table en bois, comme en attestait son acte de naissance rédigé à l'encre d'une main tremblante et d'une écriture chaloupée, pour ne pas dire voûtée, il y a près de quatre-vingts ans de cela. L'âge aidant, elle se pliait de plus en plus et avait parfois les épaules parallèles au sol. Un jour, elle va mourir comme elle est née, en paysanne. Elle va tomber, et puis voilà. Son fils, dans l'espoir de repousser cette fatalité, se muscle la colonne vertébrale trois fois par semaine en salle, plus une heure de natation le dimanche.

J'ai compris l'importance que revêtaient nos rares entrevues à ses yeux, le jour où mon père voulut, *in extremis*, annuler un de nos rares dîners. Gêne à l'autre bout du fil, elle avait déjà pris rendez-vous chez son coiffeur. Ma grand-mère se fait une mise en plis avant de nous voir, et colore son épais carré de noir. Je l'imagine, chez elle, se pomponner bien à l'avance, fermer le gaz, éteindre les lumières, enfiler son pardessus, sortir son peigne de son étui pour mater les dernières mèches rebelles devant la petite glace de l'entrée, et attraper, un à un, les bijoux dans la coupelle posée sur l'étagère. Sa montre en argent, sa bague assortie, et les dormeuses qu'elle tient de sa mère. Une femme amoureuse que le curé a refusé d'enterrer dans son cimetière parce qu'elle avait eu trois filles avec un homme marié. Finalement, après bien des transactions, il fut décidé que le corps en attente de mon arrière-grand-mère serait inhumé dans sa paroisse de naissance, loin de la honte et des cendres de l'homme qui partagea son lit. A cette époque, dans ce joli petit coin de ciel de Normandie, les convenances étaient non seulement cruelles, mais elles avaient la peau dure au-delà de la mort. Et ma grand-mère, qui avait vécu au quotidien l'infamie d'être une bâtarde, reproduira, aussi sûrement que les chiens ne font pas des chats, la même situation. Des enfants sans père. A cette différence près qu'elle est partie. Désormais, là où les dunes de Carteret expirent, là où le sable fait place à la terre bombée et moussseuse des bords de côtes, ne restent plus que cette tombe, un nom, et deux dates. Naissance et mort. Anormalement rapprochées. Mon arrière-grand-mère est morte à quarante ans d'une maladie qui ne tue plus personne aujourd'hui. Mais il reste une bonne âme, une cousine éloignée, un patronyme anglais, peut-être, « en Normandie, tout le monde est un peu engliche », a coutume de dire mamie, pour fleurir sa mémoire de chrysanthèmes en plastique dont les couleurs ont fini, elles aussi, par se faner.

Ce soir, elle fait vieille dame. Ses joues duveteuses sont rougies par la chaleur et le vin. Dans ses yeux, les vaisseaux sanguins se livrent à de terribles batailles et c'est à peine si l'on voit encore le bleu de ses yeux. Elle a oublié de poser son sac à main à ses pieds et s'arc-boute dessus comme un vieux chien. Elle a perdu le fil de sa conversation. Elle croit avoir vu son fils à la télé, dans une publicité. « C'était toi, non ? » Regard gêné de mon père, qui se demande si elle a perdu la tête. Par curiosité, je demande de quelle publicité il s'agit. Ma grand-mère ne sait plus. Quelque chose pour les dents. J'ai la vision fugace d'une vieille comédienne ronde et frisée, qui vantait les mérites d'une prothèse dentaire avec un charmant accent « titi ». On voyait la prothèse couler lamentablement dans un verre à dents plein de bulles, signe de la réactivité du produit... « Si ça n'est pas toi, c'est ton sosie ! » dit-elle, l'air coquin, comme une mère qui aurait pris son fils la main dans le pot à confiture. Elle y croit vraiment. Mon père rougit, pouffe de rire et change de sujet. Mais elle revient à la charge. « Ah, écoute, ne me dis pas que ce n'est pas toi ! » Le ton est monté d'un cran, elle a les babines retroussées, cette fois-ci, elle le tance, imperceptiblement vexée par sa réticence. Au bout d'un moment, les vieux, comme les adolescents, finissent par voir ce qu'ils veulent, par créer leur propre réalité pour rendre la violence de leur exclusion plus supportable. Leur monde se rétrécit, se recentre sur l'essentiel : le chien, la télé, les géraniums, les travaux de la rue d'en bas, le rendez-vous chez le docteur. Ma grand-mère, à force de vivre cloîtrée dans son deux-pièces et de se tirer les cartes pour y lire l'avenir de son fils, a fini par voir mon père à la télé, dans une publicité qui plus est. Rien que de très logique, puisqu'il dirige, et c'est presque un pléonasme pour un homme de sa génération, une agence de publicité. Mon autre grand-mère, dans la même veine, s'était persuadée que John McEnroe descendait d'une lignée de juifs ashkénazes, tout comme Léonard de Vinci. Laissée seule par la mort de mon grand-père, elle n'est plus sortie de chez elle le jour où la municipalité verte a abattu tous les arbres du boulevard Gambetta pour y faire une voie de bus à contresens. Cinquante ans qu'elle traversait la tête à gauche. Il était trop tard pour devenir droitière. Les Verts, comme tous les dictateurs, glorifient la nature, mais ont le naturel en horreur. Ils ont élagué ma grand-mère comme une vieille branche au nom de leurs principes, des espaces civilisés et des pistes cyclables – ça ferait rire les Chinois qui, après cinquante ans de vélo forcé, polluent à tout va. Après l'avoir retrouvée à terre, baignant dans une mare de sang, en vie, mais sérieusement mise à mal par une attaque cérébrale, nous avons fini par l'interner loin de chez elle, dans une maison de retraite. L'accident, ou le déménagement, je ne sais, l'a laissée muette. Longtemps, je me suis demandé si nous avions bien fait de la sauver – sans trop savoir si c'était pour son bien à elle ou pour notre repos à nous. Et je me pose encore parfois la question aujourd'hui, lorsque nous lui rendons visite dans sa petite chambre du rez-de-chaussée, où le temps ne vaut plus un kopeck et que l'odeur âcre nous saute au nez (vite, la fenêtre !). Après, il y aura le premier étage, réservé aux grands handicapés, et puis plus rien, le Ciel. Un événement m'a pourtant fait changer d'avis. Elle allait de plus en plus mal. Au lieu de décliner doucement, comme elle le faisait depuis des mois, elle chutait au sens propre et figuré. Sans qu'on sache combien de temps la pauvre restait là, tombée, en attendant qu'on vienne la relever. Un jour, une infirmière plus attentive que les autres découvrit qu'elle ne déjeunait plus à sa table habituelle, à cause d'une camarade indisposée par sa manière de manger. Quand je repense à la farouche indépendance de ma grand-mère, à sa coquetterie légendaire, à ses photos en bibis à voilette, ses cache-mains de renard, son violon qu'elle tenait fièrement debout dans sa longue robe noire… Bref, l'infirmière lui dénicha une autre table, avec des inconnus plus fracassés encore, qui l'acceptèrent parmi eux, lui redonnant ainsi un semblant de position sociale. En quelques jours elle retrouva des couleurs, de l'appétit, goût à la vie. Jusqu'à la dernière minute, on s'accroche. La curiosité. On ne sait jamais…

Mon père dément doucement, boit une gorgée, mais semble inquiet. Ma grand-mère a commandé une « belle portion » de foie de veau avec des épinards. J'aime bien qu'elle parle de portion dans ce restaurant si distingué où l'on a toujours faim en sortant. Ça, c'est le vrai chic civilisé, l'ultime maillon de la chaîne alimentaire, sortir de table en restant légèrement sur sa faim pour laisser au cerveau le temps de recevoir les indices de satiété. L'assiette encore sanguinolente, ma grand-mère entreprend de nous raconter pour la cinquième fois sa dernière visite chez le médecin. Un nouveau spécialiste qui ne lui a rien trouvé. Pourtant quelque chose ne va pas. Elle le sent, elle le sait. Alors, elle gratte, elle gratte, elle retourne sa chair dans tous les sens, pour y trouver l'origine du mal. Contrairement à mon père, elle appartient à une autre génération, un autre milieu, des gens qui pensent qu'à quatre-vingts ans, eh bien, il est temps. Du coup, elle se cherche une raison et tant qu'elle cherche, me dis-je, elle est à l'abri. Mais ce soir, elle paraît plus sombre que d'habitude, moins cohérente, plus abattue. Au dessert, elle revient sur son testament. Elle panique. Je note, pour plus tard : ne jamais, jamais, s'arrêter de travailler, ça occupe. Mon père paraît pressé d'en finir. Il déteste les gens malades, affaiblis, diminués. La peur, sans doute, d'être contaminé. Il alpague un serveur pour lui demander l'addition. Pas de café. Ma grand-mère s'indigne de le voir si pressé de la border. Il a un autre rendez-vous, probablement. Mais il doit encore nous raccompagner. D'abord moi, chez ma mère, dans le 16e. Puis elle, dans le 19e. Il a déjà son manteau sur le dos. Ma grand-mère se lève, reprend ses esprits, enfile son chandail et son paletot. Il lui ouvre la porte de la voiture, garée au coin de la rue, entre les clous. Une grosse voiture anglaise, son premier achat de jeune homme riche. Il referme la porte doucement après avoir relevé son manteau. Je monte à mon tour de son côté et m'installe derrière. Démarrage, clignotant, ça sent bon le cuir. La voiture prend sa vitesse de croisière. Les arbres de l'avenue M., feu rouge, virage à droite. Les réverbères, gauche, l'Arc de Triomphe, droite, le Bois. J'ai habité près du bois de Boulogne toute mon enfance. La voiture continue. Nous traversons le Bois et mon père se gare devant les travelos. Je ne sais plus à quand remonte cette tradition, la première fois qu'il m'a emmenée voir les putes. Petite, j'allais aux putes comme d'autres au Jardin d'Acclimatation. On s'y rendait, comme ça, juste pour voir, le soir. Rue Saint-Denis, qui en ce temps-là n'était pas piétonne, où l'on trouvait de la professionnelle à l'ancienne, avec petit chien et moumoute en panthère. Place Dauphine. Et au Bois d'Acclimatation.

Une fois, nous avons emmené mamie voir les embouteillages, les jambes prises dans les phares, les seins durs qui explosent les chemisiers noués, les cheveux synthétiques et criards, les petites camionnettes blanches – j'ai toujours rêvé d'habiter une caravane – aux rideaux fleuris. Et le Bois, tout noir. Nous devions former un curieux attelage : un bel homme dans la fleur de l'âge, une vieille dame voûtée et une petite fille dans une voiture qui coûte le PNB du quartier. Mais personne ne semblait nous prêter attention. A moins que je n'aie rien remarqué.

D'aussi loin que je me souvienne, j'ai toujours redouté le cirque, Guignol, les clowns, les fauves apprivoisés, mais aussi les fêtes foraines, les parcs d'attractions, les patinoires, tous les paradis artificiels. Moi, j'aime le Bois, la vie. Parfois, il m'emmène ailleurs. Une rue du 17e ou du 18e arrondissement. Une vitrine tapissée d'un vilain miroir et de papier noir. A l'intérieur, on y vend des vidéos pornos. Mon père me laisse quelques instants flâner dans les allées. Je suis l'unique fillette de la boutique, l'unique fille tout court, et ma seule présence suffit à faire changer les hommes de stands. Je regarde deux ou trois cassettes, histoire de, histoire d'o, avant de rejoindre la caisse pour l'attendre. Je suis fière qu'il me traite comme une grande, même si je ne comprends pas vraiment. Mon père a toujours considéré qu'il ne fallait pas cantonner les enfants à un univers de bébés. Il m'emmenait tous les ans au musée des Offices à Florence, berceau de l'Individualisme et de la Bella Figura. Il me traînait là-bas, pas tant pour *l'Homme au gant*, l'un de ses tableaux préférés, que pour me montrer ce passage qui relie, par-dessus l'Arno, les Offices au palais Pitti. En cas de guerre, de coup d'Etat, de feu, les Médicis pouvaient s'enfuir de l'autre côté du fleuve. Mon père, boxeur émérite, depuis qu'un genou malade l'avait privé de karaté, a toujours été fasciné par l'histoire, la guerre, la religion, le courage physique et le sexe. La vitalité. Toutes ces choses, il voulait me les faire entrer dans le crâne, violemment si nécessaire. Me provoquer. Que je ne meure pas comme la petite-bourgeoise que je suis, blanche et enrhumée l'hiver. Que je sorte des manières distinguées et des non-dits de ma mère. Que je voie les hommes et les femmes comme ils sont. Des êtres de sang et de chair, mauvais ou bons, mais capables de grandes choses. Que je ne sois pas comme les autres. Il voulait, et veut toujours, que j'échappe à mon destin, ce destin qu'au prix de mille labeurs et sacrifices, les miens m'avaient offert. Il voulait me marginaliser. Mon père, ma croix et mon délice, *croce e delizia.*

Derrière ma vitre, je scrute avec curiosité les travelos. Il m'explique que les hommes ont de plus belles jambes que les femmes, de plus belles fesses aussi, mais pas de taille. Je lui demande d'une petite voix de moineau comment distinguer un travelo au premier coup d'œil. Il mime avec la main que ce qui les trahit, le plus souvent, c'est la pomme d'Adam. Si Eve savait... Il se met à pleuvoir. En voilà un qui clope, et s'engage dans notre direction. Je m'éloigne de la vitre pour me réfugier dans l'obscurité douillette de la voiture. Le type s'approche de la portière de ma grand-mère et plaque ses deux mains en visière sur la fenêtre pour tenter d'y voir quelque chose. Entre les moteurs, les hurlements de filles et la pluie, je ne comprends rien. Finalement, mon père baisse la vitre : « Beh, dis donc, elle doit avoir du pognon ta patronne, pour se payer une bagnole pareille. » La buée sort de sa bouche pour vite rejoindre le froid comme si elle et lui n'avaient rien à faire ici, au chaud avec nous, du bon côté de la vie. Mon père sourit, redémarre, contourne doucement quelques voitures garées en double file, ralentit un peu plus loin pour qu'on ait le temps de regarder. Ma grand-mère se marre avec sa gouaille habituelle. Je ne sais pas très bien pourquoi. Nous arrivons place Dauphine, souterrain, Muette, jardin. On y est. Avenue Mozart, quand on est dans le Classique, comme maman, c'est bien le moins.

Chapitre 7

Elle a pris du pied dans la chaussette, selon l'expression de ma mère. A son arrivée, l'écouter nécessitait de la concentration : saisir un murmure à la volée, puis, à la manière d'un puzzle, emboîter les mots entre eux pour en comprendre le sens. Là, on n'entend plus qu'elle. Petite voix haut perchée, shootée aux bulles de champagne, qui domine le dîner. Une coupe qui valse à la main, le coude arrimé à la table, les jambes qui tricotent sous la nappe – je sens le duvet blond de ses cuisses quand par hasard elle m'effleure – et la voilà qui part crescendo dans une escalade sonore hystérique, pour finir par s'étouffer de rire, les doigts devant la bouche, dans un petit grognement de truie qu'elle doit juger délicieusement enfantin et sexy. Nous sommes assises côte à côte, elle face à Georges et mon père face à moi. Titre de ma vie : les deux font le père. Son côté dévergondé contraste de manière assez subtile avec sa diction. Karl Lagerfeld, plus qu'Amélie Nothomb. Par je ne sais quel truchement, Fallen a le débit allemand : elle cause comme une formule 1, hache ses mots, mange les articulations alors qu'on n'a pas encore touché à une phrase. Au milieu de tout ça, pas un mot en verlan, pas une formule de jeune, pas même un petit « ouais ». Non, elle utilise un vocabulaire chiadé, pour ne pas dire chaste, de mère supérieure. Elle dissèque ses phrases du bout des lèvres, se gargarise de termes techniques, d'expressions surannées, de commodités de l'expression (elle nous ressert son « superfétatoire » à toutes les sauces), bref elle se la raconte. Depuis une bonne demi-heure, donc, nous l'écoutons disserter sur Cioran, Emile Michel de son prénom, comme elle nous l'apprend. Entre deux digressions, une lampée l'aide à momentanément apaiser sa soif de savoir. A chaque nouveau paragraphe, elle trinque à l'assemblée en faisant tintinnabuler le cristal et en regardant droit dans les yeux ceux avec qui elle croise le fer. Ses pupilles brillent tant, que c'en est indécent. Elle a les joues en feu, ses boucles noires crépitent, et nous n'en sommes qu'à l'entrée. Même si ses yeux, strabisme et alcool aidant, menacent de quitter la table chacun de leur côté.

Soudain, alors que les restes de saumon commencent à se racornir d'ennui dans leurs assiettes, Fallen se lève d'un bond, coupant sec à son ronron philosophique, pour débarrasser. Je m'extrais à mon tour, pour ne surtout pas lui laisser le monopole de la bonne éducation, encore moins le rôle de maîtresse de maison, et la suis dans la cuisine avec un grand plat dans chaque main, c'est moins fatigant. A ma grande stupeur, je note qu'elle a perdu une chaussure. Cendrillon, maintenant. Un dénivelé de douze centimètres s'est creusé entre ses jambes, mais ça ne semble pas la déranger. L'ivresse des cimes, sans doute. Elle ouvre la machine à laver la vaisselle, y dépose les assiettes une à une après les avoir rincées.

— Cela fait combien temps que vous êtes ensemble avec Georges ?

— Sept ans. (Si elle me dit que sept ans, c'est un cap…)

— Sept ans ! C'est un cap, tu sais ? Quel âge as-tu ?

— Euh… vingt-neuf ans, bientôt trente et toi ?

— Dix-sept ans, bientôt dix-huit, dans deux mois !

C'est la différence entre les vrais et les faux jeunes : les vrais sont pressés d'avoir un an de plus.

— J'ai des copains qui donnent un concert ce soir, reprend-elle. C'est dans un ancien hangar à péniches, pas très loin d'ici, un endroit épatant, on y va tous, vous venez, non ? Ton père m'a dit que tu étais un vrai bonnet de nuit, que tu t'endormais à vingt-deux heures devant la télé, mais malgré ton grand âge, tu peux peut-être faire une exception pour son anniversaire, non ?

Elle a pris des cours pour être aussi déplaisante ? En concert ? En boîte ? Avec mon père, Georges et elle ? Question cauchemar, je crois que l'on ne fait pas mieux. Je ne suis pas sortie en boîte depuis dix ans, peut-être. Ou alors, une fois l'an, par hasard, pour danser. En fait, j'ai donné tout ce que j'avais à la nuit jusqu'à vingt ans, âge auquel on peut se coucher à neuf heures du matin pour ne pas se suicider. Puis je me suis casée et bonsoir la nuit. Un peu de dignité. L'idée que mon père puisse se pavaner avec cette dinde mineure dans un lieu public et, pire, y croiser une amie à moi, m'exaspère. Voilà, c'est ça : il m'exaspère. Je vis ma vie par titre – lamentable déformation professionnelle. Je fais des titres, des accroches, des jeux de mots. Mon maître en la matière a signé un ouvrage de référence : « Si t'es guéridon ». La dernière fois, alors que je promenais mon chien dans la nuit et le froid, j'ai eu envie d'un chauffeur, d'une grosse cylindrée et d'un appartement avec quatre mètres de hauteur sous plafond. Titre : « Je vous aigris ».

— Je ne sais pas. En fait, c'est l'anniversaire de Georges aussi, alors je devrais peut-être lui demander son avis.

Je me dis souvent que l'avantage d'avoir des enfants, c'est qu'il faut rentrer « libérer » la baby-sitter, comme s'il s'agissait d'une prise d'otage par les Farc, mais ceux de Georges sont un peu grands, quinze et vingt ans, et je n'en ai pas personnellement.

— Georges et toi vous ne voulez pas faire d'enfants ?

Je suis punie ou quoi ? Non, je ne veux pas faire d'enfants. Je suis une enfant ! Ça ne se voit pas ? Je mange comme si j'étais en pleine croissance. Je veux faire mes enfants à quarante-huit ans. Au Monténégro ou en Roumanie. Je veux profiter de la vie, voyager, travailler, sortir, partir du jour au lendemain sans prévenir. Je veux vivre comme un homme, même si je suis une femme et que l'homme et la femme, bla bla bla, on est d'accord, c'est différent. Je suis égoïste. Je ne veux pas de responsabilité. Ni carte de cantine, ni siège bébé. Je ne vois pas pourquoi, alors qu'on est adolescent jusqu'à ce qu'on crève, que l'espérance de vie a doublé en un siècle, il faudrait faire ses enfants à vingt ans comme au Moyen Age. Et ce ne sont pas les aigries, les mères à poussettes, les porteuses d'ordre moral, qui ont les hormones en folie à quarante ans, ni les Cassandre en blouse blanche qui décrètent brutalement, d'un air las et culpabilisateur, qu'à partir de trente-six ans ça décline, et qu'à quarante-deux ans c'est fini, qui vont me faire changer d'avis. La médecine est en retard sur les mœurs, qu'elle progresse ! Pas besoin d'être devin pour constater qu'une femme de cinquante ans, aujourd'hui, n'a plus rien à voir avec la même il y a cinquante ans. Alors, je veux des enfants tard, je veux vivre avant de leur consacrer ma vie. Et je veux qu'on arrête de me poser cette question à longueur de journée, comme si le sort personnel de la planète en dépendait. Qu'est-ce que ça peut bien faire aux gens de savoir si je veux des enfants ou pas ? A part les rassurer, se dire qu'ils ont bien fait, qu'ils sont dans la norme, que ça va aller ? Et quand j'aurai un enfant, ils me demanderont quand est-ce que je fais le second ? M'expliqueront leur théorie à la con : deux ans d'écart c'est bien ou alors dix ans, carrément. A force, je suis tellement angoissée que j'ai l'impression que même les murs de ma maison d'enfance retiennent leur respiration. Qu'ils attendent, les entrailles rentrées, que des petits cris résonnent à nouveau dans la cage d'escalier. Qu'ils me disent : tu es trop grande maintenant pour jouer les enfants dans cette maison.

Et pointent du doigt la porte de sortie : Va-t'en et ne reviens que lorsque tu seras maman ! Qu'il y a quelque chose de plus fort, de plus profond, qui n'est pas dupe de toute cette mascarade. J'usurpe un poste. Je ne suis plus une enfant. Et c'est comme si un gigantesque trou noir s'ouvrait sous mes pas. Il n'y a personne, personne pour me prolonger. Je n'accomplis pas la seule chose qu'on demande de moi depuis les débuts de l'humanité : me reproduire. Il est vrai que je suis un peu sensible en ce moment sur le sujet. « Ça n'est pas parce que tes amies sont enceintes, qu'il faut que l'on divorce », m'a d'ailleurs suggéré Georges avec son flegme habituel. Si, les filles sont ainsi faites, toujours à lorgner dans une autre assiette.

C'est l'autre problème, le père. J'ai préféré le Prince chauve au Prince charmant. Pour les raisons précédemment citées, je suis condamnée à n'aimer que des hommes au moins aussi vieux que mon père, si je veux vieillir enfant. Le plus tard possible, j'en fais le serment. Reste à ne pas louper la fenêtre de tir. A trente ans, le nouvel âge des catherinettes, la question des enfants tombe aussi sûrement que la Russie ou les Etats-Unis au baccalauréat. Trente-trois ans, ça clignote. Trente-six ans, c'est l'alerte. Trente-neuf ans, la panique. Au-delà : dead line. On reconnaît les femmes de trente-neuf ans au premier coup d'œil. Ce regard de feu follet, cette chair aux abois, cette urgence à demi résignée. Franchement, parfois, je comprends que les femmes deviennent folles. La vie est trop crue avec elles. Trop cruelle. On les porte aux nues, puis, un jour, on ne les regarde plus. On leur dit qu'elles vont rajeunir mais elles sentent le tourné aussi sûrement que du vieux lait. Elles n'ont pas l'âge de leur tête, mais de leurs règles. Une bouille de bébé et déjà quasi ménopausée. D'autant qu'on a beau masquer, les gens se sentent, se reniflent, se flairent. Après, on les lâche dans la nature, livrées à leurs hormones, courant en tous sens, affolées, perdues, déboussolées, comme des canards sans tête. Bien sûr, la plupart s'en sortent, certaines sans même s'exposer. C'est assez admirable, cet effort surhumain, cette force de proposition, cette résistance face à la violence, et c'est ce qui fait leur force, peut-être même leur supériorité.

— Non, je ne veux pas faire d'enfants avec Georges, je ne sais pas si c'est le bon, comme on dit.

— Tu sais, il faut que tu fasses attention. Tu as bientôt trente ans. Trente ans, ça n'est pas vingt. Tu n'as plus toute ta vie devant toi. Tu ne peux pas te permettre de laisser filer encore sept ans. Dans sept ans, tu auras trente-sept ans. Et il sera…

— Trop tard, je sais, on croirait entendre ma mère.

— Bon. Admettons que ça ne soit pas le bon, parce que, si c'était lui, tu le saurais, depuis le temps ! Donc, le temps de le quitter, de te mettre en disponibilité, parce que, tu sais, tant qu'on est mentalement prise par quelqu'un, les autres le sentent ; de rencontrer un autre homme, de te tromper, parce que le garçon qui suit une histoire forte n'est jamais le bon ; de finalement rencontrer le père de tes enfants, de tomber enceinte… Tu prends la pilule, non ? Bref, il y en a pour qui ça peut mettre un an, voire deux. Donc, ça te mène déjà à trente-trois ans. Et si tu en veux un deuxième, pour ma part j'ai toujours pensé qu'un c'était trop triste, deux c'est mieux ; moi, j'en veux trois. Donc, si t'en veux un deuxième pour tenir compagnie au premier – crois-moi, deux ans d'écart, c'est bien – il faut que tu t'y mettes tout de suite. Et avec un peu de chance, tu auras le temps d'en mettre un troisième en route.

— Comme une lessive.

— Même si, c'est sûr, tu n'auras plus ni l'énergie ni l'insouciance de tes vingt ans. L'insouciance, c'est très important. C'est ce que dit toujours ton père. Il est heureux de t'avoir eue jeune, parce qu'il l'a fait sans y penser...

— Sympathique.

— Non, mais tu vois ce que je veux dire. Il l'a fait dans la foulée, sans trop savoir à quoi il s'exposait, tout s'est enchaîné de manière spontanée.

— C'est-à-dire ?

— C'est-à-dire qu'élever un enfant est plus lourd et compliqué qu'on ne l'imagine à vingt ans, un enfant c'est pour la vie, et s'il avait su toute la responsabilité que ça entraînait...

— Je te remercie, mais je pense qu'en dépit de ta grande maturité, tu as manqué un acte. Mon père est très heureux d'avoir fait son seul et unique enfant jeune, parce qu'il n'aurait plus le courage de remettre ça aujourd'hui, comme ces pauvres types, déjà grands-pères, qu'on voit acheter des pots pour bébé à cinquante-cinq ans. Mais il n'a jamais eu la moindre trace de regret quant au fait d'avoir conçu cet enfant. Simplement, il n'en fera plus d'autre, jamais.

— Tout dépend de la femme qui partage sa vie.

— Je ne crois pas. Mon père m'a toujours dit qu'il était très content d'avoir trouvé une femme intelligente et sexy en la personne de ma mère, et qu'il était heureux et soulagé que cela ne soit plus à faire.

— C'est ce qu'il dit, mais tout le monde change d'avis. Les hommes qui refont des enfants à cinquante ans sont légion.

— Excuse-moi, mais où est-ce que tu as appris à parler comme ça ?

— J'ai horreur des gens qui parlent n'importe comment, qui se laissent aller, qui trouvent ça « cool » d'être négligés. Ou pire des gens qui font semblant de parler comme un jeune alors qu'aucun jeune ne parle comme eux. Ma mère est très stricte avec nous. A la maison, on n'a pas le droit de regarder la télé, tu sais ? Mais nous devons réciter notre bénédicité tous les soirs. D'ailleurs, si ma mère me savait ici, elle me tuerait.

— Bonne idée.

— Tu dis ? Il est certain que, vu de loin, et avec l'éducation que tu as reçue, tout ça doit te paraître folklorique. (Envie de lui dire qu'on ne m'a pas appris qu'à regarder la télé.) Mais c'est grâce à elle, si ma sœur a été la plus jeune bachelière de France, grâce à elle si je veux faire hypokhâgne. A ce propos, Georges est adorable. Il est vraiment intelligent et puis si gentil, si attentionné. Très élégant aussi.

— Oui, c'est ce qu'on dit. Mais je ne vois pas le rapport.

— Il pourrait peut-être m'aider…

— En quoi ?

— Je t'expliquerai plus tard. Mais tu ne m'as pas répondu : qu'est-ce que vous faites ensemble si vous ne voulez pas d'enfants ?

— Je ne sais pas…

— Vous faites encore l'amour ?

A vrai dire, non. Ou alors, à l'arrache. Mesure d'hygiène, échanges de bons procédés. Après des années de bonheur sans nuage, le dégoût qu'il m'a inspiré à nos débuts est finalement remonté à la surface, d'un coup. Et ce dégoût s'est concentré sur sa bouche. Comme me l'avait prédit ma mère avec tant de gentillesse. Je l'aimais, je le collais, je dormais avec lui, mais je ne pouvais plus l'embrasser autrement que distraitement. Bonjour, au revoir, à tout à l'heure. Sans autre forme d'engagement. Une nuit, je l'ai même appelé « papa ». Cela me démangeait parfois, mais jamais dans un lit. La langue qui fourche. Depuis le début, je savais que Georges était un père de substitution, un re-père. Pas besoin d'avoir fait Lacan première langue pour ça. L'homme stable, austère, raisonnable qui allait me permettre de grandir. Jouir et travailler. Dans les deux cas, se débrouiller seule. « Savoir qu'on est seul, c'est le début de la maturité », me disait-il. Maintenant que je suis grande, je voudrais bien être seule. Mais je ne peux pas. Je le quitte un jour et je n'ai plus de bras. Deux, plus de jambes. Trois, je suis à la rue. Littéralement, je dors sur les bancs. Je ne supporte pas d'être sans lui, je me sens amputée, je continue de lui parler comme une vieille folle à un esprit (ou comme dans *Perdro Paramo* de Juan Rulfo). Le point positif, c'est que je maigris. Plus de bras, plus de chocolat. Plus d'oxygène, plus d'appétit. Mon père, qui a fait sienne la devise de la perverse duchesse de Windsor « Jamais assez riche, jamais assez maigre », et qui passe son temps à me houspiller sur mon poids, à observer mes chevilles s'alourdir et mes joues s'arrondir, est satisfait. Georges, lui, se voyait déjà parti pour une seconde vie. Il pensait que je serais sa retraite. Jusqu'à ce que la mort nous sépare. Lui qui comme tous les hommes de son âge n'avait qu'un attrait tempéré pour le mariage (rappelons que pendant longtemps, il a loué sa télé, un truc que ma génération ne comprendra jamais), avait même demandé ma main. « Pour essayer. » Ne pas mourir idiot et locataire. Il l'avait fait, à sa jolie manière. Alors que j'écrivais mon prénom en bas d'un papier, Marion, il se pencha par-dessus mon épaule pour y ajouter un « s » et puis un « nous ». « Marion s-nous. » Et maintenant j'allais le tuer, à défaut d'arriver à me faire mon père. Il tenait bon. Nous étions, depuis plusieurs mois déjà, en plein bras de fer. Je revenais toujours, mais je savais que la nouveauté raflerait la mise. Je revois sa grande carcasse dans l'encadrement de la porte, son air défait : « Tu serais prête à me marcher sur le corps, m'a-t-il dit un jour. Mais qu'est-ce que je t'ai fait ? » Rien, tu m'as tout appris, même à monter *à la facteur* sur mon vélo. Il avait les larmes aux yeux, et je me sentais comme un monstre de faire pleurer cet homme qui ne me voulait que du bien, mais c'était le deal, ça l'avait toujours été depuis la nuit des temps. « Je t'ai donné mes plus belles années », ai-je tenté de rire un brin. Il a conclu, son visage grave plongé dans ses grandes et belles mains, « Je suis triste comme un caillou ». Il m'aurait dit « pierre », ça aurait été une autre affaire. Mais caillou, j'ai eu du mal à l'oublier.

— Dis-moi, Fallen, c'est au catéchisme qu'on t'apprend à poser des questions pareilles ?

— Tu sais ce que l'on dit, quand un couple ne fait plus l'amour, c'est que tout est fini.

— Je ne sais pas, il y a des périodes avec et des périodes sans, c'est ce que je me répète.

Et puis, tout cela se travaille, paraît-il, comme l'amitié, cela s'entretient.

— Enfin, travailler sur ce sujet à trente ans, c'est un peu triste quand même, non ? Tu aurais cinquante ans et trois enfants, je ne dis pas. Et encore… Mais là, on n'a qu'une vie !

— C'est comme ça que tu es croyante, toi ?

— Cela n'a rien à voir. Mais on n'est plus au XIXe siècle. Si tu n'as plus envie d'un homme, tu n'es pas obligée de t'enterrer avec lui. Tu n'es pas Emma Bovary.

— Justement, sans convenances, c'est encore plus dur de se séparer. On se quitte parce qu'on le souhaite et plus parce que les autres vous en empêchent ! Ça oblige à être sûr de soi. Or le doute fait partie intégrante de ma nature. Je suis balance ascendant poisson. A ce stade, ça n'est plus un signe, mais un penchant. Je suis handicapée du choix. L'irrésolue, c'est moi.

— Quoi qu'il en soit, tu devrais y réfléchir.

— Je te remercie pour ta sollicitude. Et toi, j'imagine que les enfants ne sont pas ta préoccupation première ?

— Si, si, au contraire, j'aimerais en avoir tôt, avant vingt ans, comme ma mère.

— Il va falloir que, toi aussi, tu te lances à la recherche du père, dans ce cas-là.

— Justement, je crois que je l'ai trouvé.

Chapitre 8

Vendredi soir. Vingt-neuf ans.

Petite, j'aimais faire croire que papa et moi sortions ensemble. Surtout lorsque nous partions en vacances. Je devais avoir onze ou douze ans, dans ce restaurant d'hôtel, quand un chanteur, dont je connaissais tous les morceaux par cœur, a fait son entrée. Je me suis redressée d'un coup sur ma chaise, tel un bon petit soldat, pour faire ressortir ma poitrine. J'ai regardé mon père à la manière d'une épouse, c'est-à-dire tendrement, et ce bien qu'il m'ait arrachée à ma jeunesse, à mes rêves et à ma liberté. (« Qui osera m'affranchir ? » semblais-je implorer.) Je lui demandais, affable, s'il n'avait besoin de rien : un peu de pain, de vin, peut-être ? Histoire de me lever jusqu'au buffet. Puis j'ai feint d'ignorer le chanteur pendant tout le repas, pensant ainsi le rendre jaloux et l'intriguer. Evidemment, du haut de mes onze ans, je ne devais pas intriguer grand monde à part mon père, qui je l'espère n'a jamais rien remarqué. Le chanteur a quitté sa table avant nous, suivi de sa femme et de son troupeau d'enfants. Il ne m'a pas fait l'aumône d'un regard. De même que sa fille aînée qui devait pourtant avoir mon âge. J'ai bien pensé, à un moment, que mon père pourrait séduire la mère, après tout, il était beau garçon. Et puis la flemme, ou une activité quelconque a dû l'emporter. A l'époque, en public, je ne l'appelais jamais papa. Je laissais le doute faire son œuvre. Je m'habillais comme une grande. Je mixais des jupes pied-de-poule piquées à ma mère, mes premiers collants noirs et des pulls roses à bouloches. Les parents d'une amie, me découvrant ainsi fagotée, avaient dit à leur fille, qui s'était empressée de me le répéter, que je ressemblais à un vilain petit canard. Je ne dirais pas à quoi ressemblait leur fille qui bavait toute la nuit en suçant son oreiller. Je découvrais le maquillage aussi. L'œil de biche, la bouche redessinée au crayon marron, les fausses taches de rousseur. Ma mère m'avait offert mon premier parfum, l'Eau d'Hadrien. Et nous avions mis une heure à trouver au rayon lingerie d'un grand magasin un soutien-gorge rose assez petit pour mes seins. J'avais treize ans.

Les choses ont changé du jour où j'ai eu l'âge de faire une fiancée crédible. Là, j'ai recommencé à l'appeler papa. Pas pour les raisons que l'on croit. L'idée que je puisse former un beau couple avec mon père, surtout si ça énervait sa compagne du moment qui avait pour mauvaise habitude de bouder dès qu'il m'accordait trop de temps, ne m'embêtait pas, au contraire : j'étais fière. Mais j'étais crucifiée dès qu'il regardait une autre fille, c'est-à-dire assez souvent, terrorisée à l'idée que l'on puisse penser qu'il me trompait. Aussi, à chaque fois qu'il entreprenait de mater une proie, toujours de son point de départ à son point d'arrivée, avec ce petit regard bête et satisfait que je lui connaissais par cœur, qui se veut lourd de sensualité, plein de promesses, et un brin joueur, je criais « papa ». De sorte que le monde entier comprenne qui j'étais, qu'il n'y ait pas de méprise, et que l'on ne me confonde pas avec une de ces pauvres filles humiliées par des gros goujats. Plus encore, je ne voulais pas croiser ce petit air triomphant des filles entre elles, lorsque l'une ravit le regard de l'homme de l'autre. C'est une chose que les garçons ont beaucoup de mal à entendre : la fille ne jouit pas que du regard de l'homme, elle jouit aussi du coup qu'elle porte à sa femme. Le vol d'homme, même à la sauvette, est l'expression la plus banale de la concurrence entre femmes. Car les femmes s'estiment, elles passent leur vie à s'estimer.

Elle, je ne l'ai pas tout de suite remarquée. Dans ce restaurant d'hôtel, la danseuse du ventre fait partie du décor. Trois fois par repas, elle entre au tsoin-tsoin des tambourins, fait le tour de la fontaine, puis ondule d'une table à l'autre, les yeux papillonnants, en prenant soin de toujours commencer par regarder les femmes. Les attractions d'hôtels ensoleillés ne sont pas là pour foutre la merde dans les foyers, mais pour donner l'impression aux clients que le monde extérieur vient à eux et qu'ils n'auront pas à affronter le danger de l'inconnu, quand, ivres et repus, rouges comme des écrevisses, l'envie d'écraser leur tombera dessus. C'est pourquoi la danse du ventre est un exercice souvent rodé, redondant et dépassionné. Afin de tenir les problèmes de couple à distance, à la maison, à trois heures d'avion en l'occurrence.

Elle était taillée pour les Occidentaux. C'est-à-dire sans ventre. Une danseuse du ventre plate. Elle portait d'ailleurs le voile comme un jean. Les patrons de l'hôtel avaient sans doute jugé la fille de l'année dernière un peu trop opulente, vulgaire. Ils s'étaient choisi un modèle plus sophistiqué, plus moderne, plus design comme la nouvelle déco du restau qui ressemblait désormais à un plateau de jeux télé. La tenue, en revanche, était tout ce qu'il y a de plus classique : léger voile orange, soutien-gorge rouge rehaussé de perles et de broderies variées, tutu irisé façon Esmeralda de Walt Disney. Elle a commencé par le traditionnel tour de fontaine, galvanisée par l'homme au tambourin, qui dodelinait de la tête en cadence. Par politesse, la salle luisante de crème après-solaire s'est arrêtée quelques instants de bâfrer, pour s'y remettre dès qu'elle eut tourné les talons en direction d'une première table. De toutes les manières, chacun aurait le droit à son petit numéro personnalisé… C'est ainsi qu'au beau milieu d'une soupe harira, elle a surgi de nulle part, sa taille à hauteur de nos têtes. Je repensais à cette phrase funeste de mon père qui bien des années avant m'avait atterrée : « Elle a la peau dorée comme du pain d'épice. » Elle était fort jolie, jeune, l'air gentil. Elle me regarda d'abord, me sourit, m'invita à me lever. Evidemment, je déclinai. Mal m'en prit. Histoire de ne pas perdre la main, elle invita mon père, qui se leva de tout son long pour se déhancher comme Elvis Presley un bras en l'air, l'autre retenu par la main de sa partenaire. J'eus à peine le temps de regarder les autres tables, voir si on nous voyait, qu'elle avait déjà filé.

Au deuxième round, il lui glissa un billet dans l'armature du balconnet. Je vois sa main qui lui effleure les seins et je prie pour que la scène s'arrête là et qu'il n'y ait pas de témoin. De nouveau, je suis inquiète à l'idée que l'on puisse penser que nous sommes un jeune couple en lune de miel. Je regarde la danseuse avec paternalisme, histoire de montrer que la situation ne me gêne nullement. Comme d'habitude, je crie « papa » un peu plus fort et un peu plus souvent qu'à l'accoutumée, entre deux couinements de violon. Mais je n'ai qu'une hâte : finir mon tagine, me lever de table et monter me coucher. « Tu ne vas pas me laisser seul pour le thé ? » dit-il, prévoyant. Non, bien sûr.

Au dernier round, à ma grande surprise, c'est à peine s'il réagit au passage de notre amie. Déçue, elle le regarde avec incompréhension, se dandinant sans plus y croire, ses grands yeux tristes de chien battu implorant une ultime caresse. Pour ma part, je continue d'afficher un air complice et benêt, heureuse d'avoir échappé à je ne sais quel trauma et m'offrant le luxe de réconforter la pauvrette. Elle tente une dernière figure, virevolte trois fois sur elle-même – derviche en petite forme mystique. En vain. Mais alors qu'elle quitte notre table, prête à tuer le soleil comme dans la scène finale du *Tigre du Bengale* de Fritz Lang, mon père se réveille. Il s'extirpe des coussins d'un bond – notez la souplesse d'exécution –, contourne la table, dépasse la danseuse, traverse toute la salle sous les regards interdits des autres clients, s'approche du violoniste, le chef de bande, lui glisse un mot à l'oreille et un billet dans la main. Personne n'en loupe une miette. Le violoniste sourit en coin, fait taire les musiciens, s'engouffre dans la cuisine, revient avec un bout de papier et le donne à mon père, qui retraverse la salle, sourit à sa belle, enjambe la table et retourne s'asseoir sur son coussinet comme si de rien n'était. La musique reprend, le tambourin fait tourner le pompon de son bonnet, une ou deux femmes regardent encore mon père l'air intrigué, tandis qu'il plonge sa main dans la pyramide mielleuse et collante de gâteaux marocains.

— Bien, il est temps d'aller me coucher, dis-je.

Et en m'éclipsant, je pense avec horreur que non seulement les gens doivent nous prendre pour des amants, mais qu'en plus, avec mon air roucoulant, ils doivent penser que nous partouzons !

Nous partageons la même chambre. Autrefois, j'étais trop petite pour avoir une chambre à moi. Aujourd'hui, c'est trop cher. Je ne sais pas l'heure qu'il est quand j'entends la carte taper contre la porte, carte que mon père a pour habitude de glisser dans tous les sens avant de trouver le bon et que le voyant de la serrure ne passe au vert. Il fait noir dans la chambre, j'ai baissé tous les stores jusqu'à ce que le moteur tourne à vide, il n'y a pas un rai de lumière. J'ai également pris soin de tirer les rideaux et de superposer les deux pans du milieu, juste pour l'emmerder. Il n'avait qu'à rentrer plus tôt. Là, j'avais eu le temps de me déshabiller, de me laver les dents, de passer en revue toutes les chaînes de la télé, de téléphoner une minute à Georges pour lui souhaiter bonne nuit, de prendre ma pilule, et il n'était toujours pas remonté du restaurant. Je m'endormais épuisée à vingt et une heures, pensant à la honte qui m'attendrait au petit déjeuner s'il se comportait mal cette nuit, me répétant inlassablement le discours que je ne manquerais pas de ne pas lui tenir. Ça n'est quand même pas les filles qui manquent ici, dans cette ville désertée par ses vrais habitants, gâtée jusqu'au trognon, et où l'argent a depuis longtemps remplacé la religion. Il n'est pas obligé de jeter son dévolu sur la seule que nous sommes sûrs de croiser tous les soirs.

Sans compter la réaction du directeur de l'hôtel, un vieux monsieur bucolique et bedonnant, avec famille nombreuse et Charles Aznavour pour quasi-parent. Que va-t-il dire, s'il apprend que mon père a traversé son restaurant pour avoir le numéro d'une danseuse sans ventre alors que c'est strictement interdit par le règlement ?

Quand la porte balaie doucement la moquette, je ne sais pas l'heure qu'il est. Sa main tâte le mur pour le guider jusqu'à la salle de bains. J'entends qu'il commence par se laver les mains : bruit de porte-serviette qui cogne contre le carrelage. Puis il se brosse les dents. Robinet, jet d'eau trop puissant, gargarisme. La brosse qui tombe dans le verre. Il trifouille dans sa trousse de toilette. Un côté, l'autre, frottement de plastique : il a trouvé. La porte s'ouvre à nouveau. Je sens la lumière qui frappe à mes paupières. « Big ? » Il murmure. Je ne bouge pas. « Biiig ? » Il murmure toujours, mais, en plus, effleure mon genou sous le drap. Rien à faire. « Big, je pars retrouver ma petite danseuse chez elle. Ne t'inquiète pas, je reviens, je suis juste venu chercher des capotes. Dors bien. »

Il éteint la lumière, referme la porte de la salle de bains, j'ouvre les yeux, le suis du regard en train de partir à pas de loup vers le couloir, la porte caresse la moquette et se referme dans un bruit mat. Le monde à l'envers. Dire qu'en plus, il va tout me raconter demain.

(Le lendemain, ça n'a pas loupé. La douche interminable, le petit déjeuner bavard, l'air réjoui, les considérations sur l'évolution des mœurs du pays. Les tags intégristes aux murs, les mères gentilles maquerelles, qui prêtent leur seule chambre, les filles qui savent s'y prendre, les frères qui le prennent mal, mais sont bien contents de palper un peu d'argent. Et moi qui suis honorablement connue dans cet établissement et qui viens là depuis que je suis toute petite avec ma maman.)

Chapitre 9

— Tu es toute pâle, ça va ?

D'un coup d'œil, je prie Georges de ne pas insister, tandis que mon père poursuit sa théorie sur le dernier modèle de Nike, une réédition des années 70, qu'il s'est acheté en trois exemplaires pour son anniversaire. Georges en profite pour glisser une de ses histoires de dîner préférées, celle de ces frères ennemis qui, par défi, ont lancé, chacun d'un côté de la rivière Spree, leur propre marque de tennis, l'une deviendra Puma et l'autre Adidas. Mon père l'écoute d'une oreille distraite, mais je le connais par cœur, il n'a qu'une idée en tête : aller récupérer les chaussures restées dans la voiture. « Si Georges les aime, il n'aura qu'à s'en choisir une paire ! » lance-t-il à la cantonade. Le temps d'embrasser Fallen qui clopine dans la cuisine, les mains gantées de liquide vaisselle, et le voilà déjà dévalant la jolie cage d'escalier où les propriétaires ont laissé tableaux, parapluies et canapés pour faire croire qu'ils vivent encore là comme au XVIIIe siècle. A dire vrai, en dépit d'un orageux patronyme célèbre dans l'histoire de France, les descendants étaient de grosses feignasses, tout juste bons à louer par pièce détachée cet hôtel particulier, leur unique source de revenus, pour se loger moins cher dans le quartier d'à côté. Seule la grand-mère, sise au rez-de-chaussée, et que personne n'osait bouger eu égard à son grand âge qu'elle portait en chignon, gardait un semblant de panache et de mépris pour les gueux de notre espèce – mépris qu'elle partageait, pour des raisons complexes d'ordre d'arrivée des immigrés, avec les gardiens portugais.

— Tu as parlé avec la nouvelle fée du logis ? Je la trouve plutôt sympathique.

— Elle aussi te trouve sympathique. Elle pense d'ailleurs que je devrais te quitter, au cas où elle aurait besoin d'une sortie de secours.

— Oh, mais je te sens d'humeur exquise.

— Elle veut faire des enfants avec mon père. L'idée même qu'il la touche me dégoûte. Elle va encore à l'école, elle passe son bac à la fin de l'année. Il doit aller la chercher à la fin des cours, l'attendre devant la petite grille avec les mères de famille et un pain au chocolat, chose qu'il n'a d'ailleurs jamais faite pour moi.

— Je te signale que tu es mal placée pour donner des leçons. Et puis, ça n'est pas si grave que cela, tu auras un petit frère qui louche. Pense à Jean-Paul Sartre, Walid Joumblatt, Dalida...

— Cela n'a rien à voir, j'étais majeure quand je suis sortie avec toi, j'avais vingt et un ans, j'étais majeure même pour les années 50 !

— Calme ! Tu n'es pas obligée de faire profiter la terre entière de ce que nous disons.

— Je m'en fous, cette manie du secret, cette obsession du qu'en-dira-t-on. Cela fait deux ans que l'on se quitte et personne ne le sait. Pas même toi, parfois.

— Détrompe-toi. Tu es libre. Tu peux partir dès maintenant si tu le souhaites. Je ne pense pas te retenir contre ta volonté.

— Tout cela m'écœure. Nous sommes des caricatures de nous-mêmes. Et l'autre qui fait la vaisselle en pensant que ça va lui servir d'*Ausweis* pour la nuit.

— Elle est gentille et pas bête. Bon, elle fait des exposés un peu ampoulés, mais c'est de son âge.

— Je peux vous laisser si tu veux. J'ai bien vu que tu la regardais tout le temps, tu minaudais, tu faisais le quéqué. Quand tu es passé du vouvoiement au tutoiement, j'ai eu l'impression que tu la prenais !

— Ecoute, tu ne peux pas à la fois menacer de me quitter et me faire une scène de jalousie parce que ton père s'envoie en l'air.

Soudain, il eut l'air ragaillardi. J'étais jalouse, je l'aimais encore et je ne savais pas encore que je l'aimerais toujours. Mais, comme me l'ânonnait Fallen, je n'allais pas passer les soixante années à venir à me languir. « Le couple, c'est la dernière grande aventure de l'homme, m'avait confié un photographe qui aimait conceptualiser tout ce qu'il faisait. Une fois qu'on a lancé sa carrière et que les enfants sont à peu près tirés d'affaire, il reste ce truc incroyable de vivre au jour après jour avec quelqu'un que l'on n'a plus envie de baiser sans que rien ni personne vous y oblige. » Je n'avais ni carrière ni enfant et si ça continuait comme cela, je n'en aurais jamais. Perdue dans l'espace-temps, comprimée entre un père trop jeune dont j'étais la mère et un fiancé trop âgé qui m'avait adoptée. Moi qui avais tant de projets. Non seulement il était trop tard pour devenir top model, championne olympique, Mozart, le pape ou Elvis Presley, j'avais déjà mes premiers cheveux blancs qui poussaient tous au même endroit, devant, exprès pour m'emmerder, tordus comme des épingles, impossibles à coiffer. Mais en plus j'allais peut-être ne jamais devenir comme tout le monde.

Fallen revint parmi nous, prête à dégainer le gâteau d'anniversaire, planqué au frais dans le garde-manger. Plus personne n'avait faim pour le plat principal. Et pour ma part, cette mascarade m'avait coupé l'appétit, mais je ne pus m'empêcher d'aller jeter un œil au gâteau. A mon grand soulagement, il n'était pas *home made*. L'imaginer en tablier confectionnant un cake pour mon père aurait achevé de me déprimer. Il s'agissait d'un baba au rhum acheté chez un pâtissier dont la microscopique boutique, entièrement peinte en noir, ressemblait, vue de l'extérieur, à une bijouterie ou à une galerie d'art. D'ailleurs, ne le surnommait-on pas « le Mozart du Baba », « le Picasso du Mille-feuille » ou encore « le roi des macarons » ? J'avais bien tenté, un jour, d'y acheter une bûche, mais l'interminable queue, qui faisait le tour du pâté de maisons, et n'était pas sans rappeler les grandes heures du shopping en Union soviétique, m'en avait dissuadée. Je laissai là les « fournisseurs droppeurs » pour me finir au rayon surgelé d'un supermarché, orientée par la voix couinante d'une star télé.

— Big, viens voir les Nike, je les ai posées sur le lit, et dis-moi quelle paire aurait l'heur de plaire à ton fiancé.

Les trois paires étaient alignées sur le lit défait au-dessus duquel trônait toujours le crucifix en bois rustique. Seul, au milieu d'un mur immaculé. Au pied du lit, s'ébattaient quelques revues de charme, des hebdos politiques, des livres historiques, dont la biographie de Louis XI, que l'historien Paul Murray Kendall mit treize ans à rédiger, l'un des bouquins préférés de mon père avec *l'Art de la Guerre* de Clausewitz et toutes les pièces de Racine (je lui offris *Iphigénie*). Je ne sais pas pourquoi, mais depuis le temps qu'il me rebattait les oreilles avec ses fiancées, ne m'épargnant aucun détail de sa super-sexualité, je n'avais jamais trouvé le courage de lui dire combien tout cela me débectait, qu'il était peut-être anormal, inapproprié, déplacé, de me faire participer à ses ébats. Je doutais, par exemple, que le père de Fallen la tînt au courant de ses conquêtes, si tant est qu'il en ait eu, ou des orgasmes de sa mère – mon père, lui, avait une précédente fiancée qui criait tellement fort qu'elle réveillait les voisins de palier ; la première fois que je l'entendis, je dormais profondément et ses jappements finirent par se confondre avec mon rêve où il était question, allez savoir pourquoi, d'une histoire d'ours. Moyennant quoi, Fallen avait visiblement une sexualité tout ce qu'il y a de plus normal pour une fille de dix-sept ans, alors que je me morfondais dans ma chair. Chair qui se dit « flesh » en anglais. Et c'était bien ainsi que je la ressentais. Mais je ne pouvais pas. Cela faisait vingt ans que je n'osais désamorcer ce drôle de jeu instauré entre nous. J'aurais dû couper court, dès le début, au mot « étroit ». Du moment où je n'avais rien dit, un rideau transparent comme tombé du ciel, accroché au plafond du restaurant, était tombé entre nous, j'acceptais tacitement. Ma sexualité contre notre complicité. « Les Blancs aimeraient que leurs enfants ne grandissent jamais », avais-je lu dans un livre de Jim Harrison. « Pour ne jamais avoir à vieillir », aurait-on pu ajouter. En fait, je ne savais pas s'il faisait tout cela sciemment, ou s'il me mangeait parce que c'est la loi, même dans les contes de fées, de se nourrir de la chair de ses enfants. Parce que plus personne ne veut mourir. Parce que même les accidents de voiture sont devenus indécents. Parce que les religions ne sont qu'un moyen d'apprivoiser la mort et que nous sommes mécréants. Regardez tous ces gens dans la rue qui ont arrêté le temps. Est-ce ainsi que les hommes vivent, et leurs âges au loin les suivent... Et maintenant il était trop tard pour revenir en arrière, pour l'accabler, sans ressembler à ces gamins qui reprochent, à tort ou à raison, tout et n'importe quoi à leurs géniteurs, essayant par là de justifier leur propre impuissance. Je tentai un dégagement.

— Ce crucifix, c'est pas poss' !

— Fallen est très croyante. C'est elle qui l'a apporté et l'a accroché là. Tous les soirs, elle fait sa prière avant de se coucher. Elle s'agenouille par terre, pose ses coudes sur le lit et elle prie. Cela me rappelle mon enfance, au village, quand tante Berthe allait à la messe sur la grosse jument qui pète.

— Ah, elle dort là tous les soirs ?

D'un coup, je repensais aux petites culottes entrevues dans le tiroir de la salle de bains. Elles étaient soigneusement pliées et rangées par piles de deux ou trois. J'avais les mêmes chez moi. Des culottes blanches et droites qui sentaient bon la lessive rien qu'à les regarder et dont l'étiquette délavée indiquait encore douze ans.

— Pas tous les soirs, elle a cours en semaine.

— Papa, je serais toi, je ferais attention. Elle est jeune, tout de même. Elle est naïve, idéaliste, entière, il n'y a qu'à voir sa tenue. Et puis, je n'y connais rien, mais les catholiques sont contre la contraception et le préservatif, non ? Enfin, j'ai vu que le pape revenait à la messe en latin, c'est peut-être un signe d'ouverture…

— Non, Big, ne t'inquiète pas. J'ai même

consulté un avocat au cas où sa mère, qui doit en avoir assez qu'un vieux beau comme moi butine ses filles, voudrait m'intenter un procès. Je risque gros tu sais ?

— Vous faites... attention, je veux dire, vous prenez vos précautions ?

— Oui, mon Big. Même si elle peut toujours arrêter de prendre la pilule sans m'en avertir. Sa mère les a eues jeune, elle et ses sœurs. Ce sont des princesses d'un autre temps élevées dans l'idée de se marier et de se reproduire. C'est d'ailleurs ce qui la rend si délicieuse et sensuelle, le goût du péché. Mais tu ne peux pas comprendre, Big, toi tu es une sauvageonne.

Je comprenais juste qu'elle avait en effet revêtu, comme on le lui avait enseigné, sa tenue de parade pour gros pigeon. Après avoir choisi une paire de tennis, je retournai donc à table où je surpris Georges et Fallen en pleine conversation. Maintenant, j'avais envie de rentrer, de prendre un bain chaud, de me coucher et d'oublier. Les mots « délicieuse », « sensuelle » et surtout « péché », qui m'évoquaient la mauvaise littérature érotique et les métaphores sexuelles de Selim Foued

(« mon cep », « ton nectar »), me retournaient l'estomac. Demander à son propre père s'il sortait couvert relevait du pur cauchemar, du monde à l'envers. Je marchais sur la tête depuis mon arrivée. Heureusement, Georges avait les yeux agrandis de bonheur par les Nike. Il les auscultait sous toutes les coutures, dessus, dessous, de profil, et finissait par les tenir fort contre son cœur en remerciant mon père comme un enfant qui aurait reçu une orange au beau milieu de la guerre. Il était touchant de fraîcheur, dans l'atmosphère viciée du dîner. Je n'en aurais pas dit autant de Fallen, de plus en plus fait divers. Son rimmel avait coulé, lui dessinant deux yeux de panda. Elle discutait politique. Une centriste ! On est décidément sérieux quand on a dix-sept ans. Pour ma part, j'enregistrais cent quarante ans au compteur. Je connaissais tout son bla-bla par cœur et j'étais amère de constater que cela pouvait distraire des gens aussi affûtés que mon fiancé ou mon père. Avoir dix-sept ans, l'âge des convictions, n'exclut pas d'être faux cul. Je lançai un regard noir à Georges, qui, toujours aussi myope, me renvoya un large sourire. Je me demandais s'il le faisait exprès. Mais c'était l'heure des cadeaux, et Fallen ne me laissa pas le temps de m'aigrir. Elle fila chercher un petit sac en plastique FNAC, qu'elle avait caché dans la chambre à coucher, puis revint, nu-pieds, et nous tendit deux paquets tout sourire. Un pour mon père et un pour moi :

— Joyeux anniversaire mon Bébé !

La situation, comme on le dit pudiquement en parlant du conflit israélo-palestinien, dégénérait. Cette fois-ci, c'est elle qui appelait mon père Bébé. Un grand garçon comme lui ! Bébé. Bébête. Hébété. Elle s'assit sur ses genoux, enroula ses bras autour de son cou et l'embrassa sur les lèvres, tandis que je détournais les yeux.

Elle nous avait offert un CD, un cadeau de son âge, pensai-je. Et quelle ne fut pas ma surprise, pour le coup, de découvrir qu'il s'agissait de l'album de ma chanteuse, par-dessus le marché. Ma future belle-mère mineure aimait elle aussi ce refrain majeur. Et moi, pensez-vous ? Qu'avais-je à offrir dans tout cela ? Rien. Mon père avait tout, ou presque, et je n'étais pas en mesure de combler ses désirs de Bentley. Il m'arrivait, comme tout le monde, de rêver que je gagnais au loto. J'achetais alors une belle voiture pour mon père que je garais, sertie d'un gros nœud rose, devant notre restaurant – ma mère, elle, avait droit à une belle toiture pour sa maison, un trou noir financier qui m'angoissait d'avance et expliquait peut-être à lui seul mon faible désir de grandir.

Fallen alluma la chaîne, régla le son très fort et se mit à danser. Toute la pièce vibrait, les fenêtres, la table, les verres. Elle ondulait, ses deux pieds nus ventousant le plancher, une coupe de champagne à la main. Je me sentais fourbue. S'il n'avait été trop tard, je me serais mise à boire.

— Vous venez en boîte avec nous j'espère, hurla mon père.

Non, pas ce soir, je suis en retard. A quoi bon avoir passé son permis de conduire à dix-huit ans pile – j'étais la première de mon irréductible bande d'amies à le décrocher – si c'est pour se retrouver à trente ans dans cet état ? Derrière, dernière, ou presque. Oui, j'ai menti sur mon âge. Je n'ai pas vingt-neuf ans, mais trente. Je mens sur mon âge, je vous avais prévenu. De trente ans à trente-trois ans, j'aurai trente ans. A trente-trois ans, j'aurai trente-trois ans, parce que c'est chic, comme trente-sept – Van Gogh, Rimbaud et Fassbinder sont morts à trente-sept ans. Après, je ne sais pas ce que je ferai. J'ai trente ans, je suis en retard sur la vie, mais on me fait toujours tarif réduit dans les musées. Maigre consolation.

J'ai quitté la table pour me réfugier, misérable, dans les toilettes. J'ai tapé le numéro de Perrier sur mon portable. Je ne voulais pas, mais bon. On fait ce que l'on peut. Perrier, c'est son prénom. Ses parents, américains, l'ont baptisé ainsi en hommage à la célèbre boisson. Là-bas, les lois en matière de n'importe quoi sont plus souples qu'ici. Nous étions ensemble à l'école. Pas dans la même classe, car il a deux ou trois ans de moins que moi, je ne sais plus. Il est rare qu'un garçon sorte avec une fille plus vieille que lui à l'école, ou alors c'est un caïd. Une fille, en revanche, peut y arriver parce qu'elle a des seins et des cheveux. Le premier jour de fac, son prof lui a dit :

— Perrier… Perrier… Le père y est… mais y a des bulles !

A l'époque, je ne le regardais pas, trop jeune. Mais depuis peu je tentais de tromper Georges avec lui. Ce dernier le savait et cela nous rendait tous trois très malheureux.

Chapitre 10

Vendredi soir. Vingt-neuf ans.

Mon père me surprit avec Perrier un peu par hasard. Nous prenions un rapide petit déjeuner au comptoir ; il passait par là. J'avais les cheveux emmêlés, un blouson trop grand, l'air gêné. Il ne me posa aucune question, se contentant, comme à son habitude, d'une extrême cordialité doublée d'un véritable intérêt pour Perrier et les origines de son intrigant prénom. Perrier, lui, semblait tout à fait à l'aise, ou alors faisait-il bien semblant. Après des mois de clandestinité, un an à vivre comme des taupes, il devait lui sembler délicieux d'exister enfin un peu. Je connaissais Perrier depuis l'école, mais, comme je l'ai précisé, sans vraiment m'y intéresser. Lui me considérait, et me considérerait probablement toute sa vie, comme la fille plus grande, celle de la classe au-dessus, l'intouchable. En conséquence de quoi, il me surestimait. Un jour de tempête, mes amies m'invitèrent à dîner. Je venais de perdre mon grand-père et l'humeur n'était pas à la fête. Perrier, pour des raisons que j'ignore, se trouvait là, mais pas Georges. Je crois même que ce fut la seule nuit en sept ans qu'il passait loin de moi. Le vent soufflait si fort dans les rues qu'avant de partir, j'avais dû improviser une corde pour arrimer les volets au balcon de peur qu'ils ne tombent sur les passants et me coûtent une vie. Des branches d'arbres arrachées gisaient un peu partout sur les trottoirs, transformant le bitume en radeau de fortune. L'eau débordait des caniveaux charriant des bouts de bois, des tombereaux de feuilles ou des bouteilles en plastique. Un rat gros comme un chat s'échappait d'une bouche d'égout pour traverser le boulevard et slalomer entre les rares voitures dont les gros yeux balayaient la chaussée humide – les plombs avaient sauté dans tout le quartier. Ça sentait le mouillé, le vent, la liberté, et en petite citadine castrée je m'ébrouais de bonheur au contact de cette nature, toute proche, qui me rappelait la campagne, où j'adorais mourir d'ennui pendant les grandes vacances, puis, plus tard, durant une interminable maladie. De ces écarts champêtres, j'avais gardé le goût de la rosée au petit matin, celle de la terre chaude en fin de journée, quand elle tape bien de l'aileron, et, à la nuit tombée, le fumet de merde et d'engrais. Je passais des heures à m'abîmer dans la contemplation du ciel, à souffler dans les toiles d'araignée, à guetter les chevreuils, les libellules et les lièvres. J'attrapais les papillons à la main, j'imitais les caquètements des poules, les chats en chaleur et leurs miaulements de formule 1, mais surtout le couinement de la truie qu'on égorge. La truie qui pue la peur dans ses sangles, le sang qui pue dans la rigole, le jambon qui pue dans le placard, cette grande chaîne de puanteur qui me manque aujourd'hui. On ne snobait pas la mort, alors, à la campagne : on étourdissait les chatons contre une pierre, on chassait la palombe, on perdait du bétail, décimé par un virus, un loup ou un ours réintroduit par les Verts (« Et pourquoi pas les dinosaures ? »

s'esclaffait mon père), on poussait les vieux à la roue avant la fin de l'hiver. Mais tout ça est fini. Aujourd'hui, comme partout, il y a des vétérinaires pour chiens, des maisons pour vieux, des 4 × 4 pour touristes et des ronds-points.

Mon grand-père, celui des œufs mimosa, venait de décéder après cinq années douillettes passées dans son lit à se faire nourrir, soigner, langer, dorloter par ma grand-mère. Selon un schéma bien établi, il avait opéré cette complète révolution de la vie qui le fit sur la fin retourner à l'état de bébé. Un nourrisson caractériel, avide, qui fait sur lui, des escarres plein le corps, des ongles de pieds impossibles à couper. Mais c'était mon grand-père aux yeux clairs, le mari de mamie depuis soixante et un ans, ce jeune homme qui avait quitté la mine à quatorze ans pour la contrebasse, qu'on avait fait prisonnier pendant la guerre, qui aimait le foot et Chopin, qu'on le laisse en paix découper des articles sur mon oncle et ma mère, et qui m'emmenait dans la colline promener Elvis le yorkshire. Un jour Elvis est mort. Rendu aveugle par une cataracte, il est passé à travers les grilles du balcon pour s'écraser cinq étages plus bas contre une dalle en béton qui prolongeait l'usine électrique, non loin de l'église orthodoxe que des vieux Russes blancs et quelques popes disputaient au nouveau Kremlin. Je n'ai jamais entendu ma grand-mère autant pleurer au téléphone et j'ai bien cru qu'elle allait suivre la petite dépouille de son chien. Mon grand-père, lui, s'est éteint, dans son sommeil. Il n'a pas vu ça. Il est mort doucement, à l'image de sa vie. Lorsque je l'ai découvert allongé, les mains posées en croix par-dessus ses draps bleu ciel, ses cheveux de soie bien peignés, rasé de frais, j'eus l'impression qu'il dormait encore, et, c'est très banal à ce qu'il paraît, qu'il allait se réveiller, qu'il n'avait pas pu aller bien loin à cette heure-ci, qu'il aurait peut-être suffi de le secouer un peu pour qu'il revienne à lui. Son menton bâillait bizarrement, j'appris qu'on ne lui avait pas encore remis son dentier et le détail me parut obscène, un manque de respect. Nous avons soupé dans la pièce à côté, l'oubliant presque ou faisant semblant. Puis on l'a incinéré. Depuis longtemps, ma mère me répétait qu'elle voulait être incinérée, surtout pas enterrée. Le corps dans une boîte, sous terre, les asticots, jamais. J'en vins à trouver l'incinération romantique, quelque chose à mi-chemin entre l'Inde et le bûcher de Jeanne d'Arc. La réalité me ramena brutalement sur terre. Après avoir hésité entre le Vert et le Bleu Canard pour la couleur de l'urne, nous prîmes rendez-vous chez l'incinérateur, lequel exerçait en périphérie de Nice, à l'abri des regards, derrière une montagne pelée et crayeuse, entre trois usines. Le temps était blanc, l'incinérateur ressemblait à un bunker perdu au milieu d'un champ de gravier. Je ne me souviens plus bien de l'intérieur : un ersatz de chapelle en faux marbre avec des fleurs et des simili-vitraux, peut-être. Nous fîmes nos adieux à mon grand-père, tiré à quatre épingles, dans son cercueil en bois clair. J'eus le temps de remarquer cette incongruité : ma grand-mère lui avait enfilé les petits chaussons en cuir doublés de peau de mouton que je lui avais offerts pour Noël l'année passée, même s'il ne pouvait déjà plus les porter, lesquels contrastaient étrangement avec son beau costume de ville. Elle avait dû penser qu'il serait plus à l'aise ainsi. Son mari qu'elle avait tant aimé, qui me chantait « on boit le café au lait, au lit », avait toujours l'air aussi vivant. Ma grand-mère l'embrassa une dernière fois sur le front, réajusta son nœud de cravate, puis, une musique métallique, qui aurait fait sourire le musicien, retentit de nulle part, le cercueil fut fermé et emporté vers un tapis roulant qui le goba d'un coup de langue. Le directeur d'office nous proposa poliment d'attendre les cendres dehors sur le gravier, près de la sinistre cheminée. C'était la cérémonie la plus triste, la plus misérable, la plus expédiée, que j'avais imaginée. Papi était là, puis plus. Et je ne pouvais chasser de mon esprit ses petits chaussons qui brûlaient.

Heureusement, la suite fut un peu plus gaie. Nous revînmes à Nice, l'urne posée comme un bébé sur les deux jambes de ma grand-mère, qui décida de disperser les cendres dans la colline, là où l'on promenait Elvis, au pied du grand mimosa qu'il aimait tant. Double avantage, l'arbre faisait face au balcon de leur appartement, où s'empilaient encore les provisions de rosé, la table pliante et le parasol pour l'été qui avait vu défiler, durant près d'un demi-siècle, ma grand-mère affairée en tablier de cuisine, ma mère en sandalettes et moi-même en couches-culottes. Nous eûmes du mal à forcer l'urne. C'est mon oncle qui eut finalement l'idée de faire levier avec les clefs de voiture de location. Mais alors qu'il saupoudrait les cendres, un coup de vent les ramena sur nos pieds. Il y en avait beaucoup, beaucoup plus que je ne le pensais. Je le pris comme un heureux présage, mon grand-père ne voulait pas nous quitter et nous le garderions avec nous pour toujours. Il faisait beau à nouveau. Le soleil s'infiltrait entre les branches de l'arbre, l'ombre des feuilles nous maquillait. Nous rentrâmes à la maison, d'où je regardai le mimosa en pensant que désormais cet arbre était papi Lucien. Aujourd'hui, plus personne ne veut se faire appeler papi.

C'est dans cet état que j'ai vu Perrier, me semble-t-il pour la première fois, le soir de la tempête. Il m'a redéposée chez moi, m'a lancé, sur le fil, « tu m'appelles, hein, pas comme la dernière fois ». Plus tard, il m'avouera que « pas comme la dernière fois » était de trop. Il s'était senti grillé. Nous nous revîmes. Il avait les lèvres douces, le corps ferme et encore un peu potelé sous ses tee-shirts d'ado américain. J'étais tellement habituée à Georges, que son premier baiser me fit l'effet d'un nouvel aliment, un souvenir lointain et grisant. Il n'était pas d'une virilité décoiffante, mais il avait vingt-cinq ans et faisait l'amour deux fois de suite sans débander. Je rentrais forte de mon secret, comme quand à dix-sept ans moins un mois je me répétais pour ne pas l'oublier : « Ça y est, je suis une femme, je l'ai fait ! » Il me reprochait d'avoir honte de lui, de le cacher. En vérité, j'avais honte de moi pour deux. Mais cette rencontre impromptue entre mon père et mon amant depuis près d'un an ne m'avait pas pour autant coupé l'appétit, j'avalai mon troisième croissant. D'habitude, je mangeais trop, trop vite, tout le temps, comme si ma vie en dépendait. C'était une chance énorme que je ne sois pas encore obèse. Autour de moi, plus personne ne se nourrissait normalement. Etablir un menu entre amies tournait aux réunions du Quai d'Orsay, entre celle qui ne mangeait que des aliments violets, celle qui suivait un régime protéines, celle qui se faisait vomir, la végétaro-casher jambonophile, l'allergique au lait, l'obsédée du groupe sanguin et moi qui ne jurais que par la purée, le ketchup et les pâtes, il y avait de quoi remettre en question l'avenir de nos dîners. Mais là, je ne mangeais rien depuis des mois et profitais des rares moments de stabilité pour me rattraper. Sans Georges, j'étais perdue. Perrier tentait de suivre. Il était là quand il n'aurait plus voulu l'être. Disparaissait quand on ne lui laissait pas le choix. Il était amoureux, ou suffisamment malheureux pour le croire, prêt à décrocher la lune, à traverser le pays, à travailler, à noyer son chat, à lire, à parler petits-enfants, déjà. Il était jeune.

Je regrette.

Le vendredi soir qui suivit notre rencontre, je racontai à mon père ce qu'il fit semblant d'apprendre – j'entends Georges me demander si je suis obligée de tout dire à mes parents et de continuellement les appeler.

— J'ai rencontré quelqu'un, dis-je avec l'impression de vivre dans une série télé et de jouer ma vie au billard, sur notre table d'angle, ma voix mal doublée qui ressasse des dialogues éculés, payés au mètre à des apprentis Dumas.

Ne manquait plus que le verre de scotch.

Mais cela semblait l'enchanter et son enthousiasme me galvanisait.

— J'adore Georges, tu le sais. Son physique pré-calviniste, son côté réservé, sa touche de clergyman...

Mon père aimait à ressasser les mêmes choses indéfiniment, c'était un obsessionnel, qui trouvait un réel réconfort dans la répétition et testait ainsi l'endurance de son interlocuteur.

— ... Mais j'ai toujours pensé qu'avec lui tu avais recréé l'univers de ta mère, cet appartement, ces meubles, ce côté cocon, calfeutré, protégé du monde extérieur. Tu as prolongé, le plus longtemps possible, ton enfance à la maison. Il est temps, comme qui dirait, que tu coupes le cordon, mon Big.

J'hésitais entre lui crier : « Effectivement, ça fait cher payé les neuf mois de loyer ! », ou « Tu n'as peur de rien de mettre ça sur le dos de ma mère ». Au lieu de quoi, petite pleutre, je lui rétorquai :

— Chez ma mère ? C'est une manière de voir. Certains pourraient penser que j'ai, en quelque sorte, cherché un père...

— Ça, ce sont des lieux communs. La

vérité, c'est que Georges est un type adorable, mais qu'il est trop vieux pour faire des gamins. Tu dois te trouver un garçon de ton âge qui te fera des enfants pleins de santé. La vie est dure et elle le sera de plus en plus, c'est ton devoir de parent de mettre toutes les chances de leur côté. Maintenant, si tu veux faire des gamins rabougris avec des vieux craignos, c'est un parti pris. On dira qu'ils ont eu la polio étant petits…

Je brûlais de lui rappeler que mes parents n'étaient ni top model, ni Prix Nobel ; que Napoléon, Einstein et Marie Curie étaient, chacun dans leur style, plutôt rabougris, mais qu'ils s'en étaient honorablement sortis. Enfin, qu'il raisonnait lui-même selon des critères nazis. Mais comme d'habitude je me tus, cherchant machinalement qui je connaissais de : Jeune.

Il y a quelques semaines, mon père, sentant sans doute un peu de mou dans les rênes, avait organisé un petit dîner à trois, dans notre restaurant, avec le fils d'un de ses amis, me jurant qu'il ne s'agissait pas là d'un coup monté. Il nous avait installés tous les deux côte à côte, face à lui, dans une espèce de mise en scène, qui aurait idéalement dû se terminer un genou à terre. Le garçon en question était assez beau gosse, très brun, les yeux noirs. Il avait d'ailleurs un faux air de mon père. Il venait de quitter son éternelle fiancée, une fille moche, courtaude et sympathique, très boute-en-train, qui, pas folle, le collait partout où il allait. Ils sortaient ensemble depuis des années, elle était sa mère et sa bonne, ce qui n'augurait rien de bon quant à sa sexualité. C'est fou, cette inclination des hommes beaux à se punir en sortant avec des boudins. D'entrée de jeu, je l'avertis : je n'aimais que les vieux, histoire de bien torpiller mes chances et de ne surtout pas m'exposer à un éventuel gadin. Sa principale activité, en dehors de son métier qui visiblement ne la passionnait guère, était le surf. Il organisait son emploi du temps de l'année en fonction du calendrier des marées : Biarritz, Maroc, Hawaï, et ne travaillait que pour s'offrir des miles et de la wax. Il était gentil et complètement affligeant, deux données qui ne sont pas forcément liées au surf – j'adorais les surfeurs – mais qui chez lui s'étaient bien trouvées. Quant à moi, par ricochet, j'incarnais l'intello revêche qui sait à peine nager et encore, en Méditerranée. Le dîner tournait au fiasco et l'on finit par se quitter avant la nuit tombée, bien heureux de rentrer chacun chez soi. Ce jour-là, légèrement humiliée à l'idée qu'on m'organisât des « dates » et qu'on me traitât comme une pouliche un peu godiche, je commençai à désespérer de rencontrer l'homme qui siérait à mes parents – eux-mêmes, comme je l'ai dit, ne semblaient pas tout à fait clairs dans leurs critères. J'étais bourrelée d'interrogations quant à mon avenir dans la reproduction et m'entêtais à choisir précisément le contraire de ce qu'on m'indiquait, des hommes vieux qui concurrençaient mon père et gênaient ma mère.

Pour la première fois de ma vie, j'avais donc un amant, même si, stricto sensu, je ne couchais plus avec Georges. L'idée de superposer les coucheries me répugnait bien que ce soit une formule qui fasse des adeptes. Aussi, ne préjugeons pas de l'avenir, et disons que je vénérais la fidélité, aussi contradictoire que cela puisse paraître dans ce contexte. J'avais les mêmes amies depuis la petite section, je gardais mes fiancés jusqu'à les user complètement, et je cultivais mes défauts avec complaisance sous prétexte qu'ils remontaient à l'enfance. J'avais pris le contre-pied de mes parents, encore et toujours, qui auraient pu rédiger un guide de charme de l'infidélité. Mon père, en particulier, en dépit de ses propres écarts, restait très réactif, très frais, dès qu'il s'agissait de ceux, réels ou supposés, de ma mère. Chez nous, c'était tous les jours *les 400 Coups*. Même après leur divorce, il poursuivait inlassablement sa mission, comme ce jour où il était rentré à l'aube avec son vieux trousseau de clefs et avait subtilisé toutes les fringues de son remplaçant pour les accrocher aux essuie-glaces des voitures garées le long de l'avenue, en bas de la maison. Il y avait des baskets empalées sur les rétroviseurs et des slips qui flottaient fièrement aux antennes radio tels des fanions d'ambassadeurs. Un automobiliste avait sagement ôté le nouveau décorum de sa voiture pour poser le tout à terre, on aurait dit le barda d'un militaire, tandis que les passants faisaient mine d'ignorer la scène. Ma mère finit par descendre pour récupérer le reste, se penchant sur les capots pour y glaner un jean ou une paire de skis, un peu comme si elle ramassait des prunes dans le verger, souriant et saluant les commerçants sur son passage, telle la reine d'Angleterre.

Des anecdotes comme celle-ci, nous en comptions des dizaines. L'une d'elles m'avait laissé un mauvais souvenir. Mon père faisait son jogging. Je ne devais pas avoir plus de dix ans, il me fallait pédaler fort pour le suivre. Le bois était couvert de feuilles mortes, les roues s'enfonçaient dans la terre, rendant le chemin difficile. Mes joues me piquaient, ma gorge brûlait, j'avais chaud bien que l'air fût glacé. Mais je ne voulais pas le perdre de vue et m'efforçais de rester dans son sillage. Je l'accompagnais ainsi tous les dimanches. Nous prenions la voiture jusqu'au Bois, la bicyclette dans le coffre. Il courait, je pédalais. Le chien nous suivait, si chien il y avait. Pas cette fois. Par endroits, la route était dégagée, à d'autres, les arbres semblaient si serrés que je devais descendre de mon vélo pour les contourner à pied. Je perdais du temps. C'est là qu'il disparut. Paniquée, je regardai partout autour de moi, la vue brouillée par les battements de cœur, rien. Des feuilles par terre et un ciel d'arbres. Et puis, d'un coup, des cris. Mon père surgissant de nulle part, un énorme chien dans les bras, courait vers moi, me hurlant de le suivre. Je remontai sur le vélo et fis de mon mieux. « Plus vite, Big, plus vite ! » me criait-il. Je redoublai d'efforts, fixant le tapis de feuilles qui défilait sous mes roues, les larmes aux yeux. Au loin, il me semblait entendre des cris d'enfant, mais je n'en étais pas sûre. Nous sommes finalement arrivés à la voiture. Mon père a balancé le chien à l'arrière, engouffré mon vélo dans le coffre, sous mon air interdit. Exceptionnellement, j'eus le droit de passer devant. Il a démarré en trombe et mis le cap sur la maison. Nous n'avons pas échangé un mot de tout le trajet. Le chien tournait en rond sur la banquette arrière, nous bavant sur l'épaule, tentant de passer à l'avant. Une fois garé, mon père a enroulé une vieille ceinture de karaté – car il était ceinture noire, troisième dan – autour de son encolure en guise de laisse et nous sommes rentrés. Ma mère nous attendait, le combiné du téléphone à la main, l'œil noir. J'entendais toujours au loin le petit garçon pleurer. La sueur me glaçait le dos. Elle somma mon père de rendre le chien. Il lui répondit qu'elle n'avait qu'à le faire elle – elle connaissait l'adresse. Plusieurs années après, je croisai le propriétaire, il avait des cheveux partout sauf sur la tête et ne ressemblait à rien. Mon père l'avait par hasard repéré dans le Bois alors qu'il le soupçonnait d'être l'amant de ma mère. Ne sachant que faire, il s'improvisa preneur d'otages et décida d'enlever son chien. Les cris que j'entendais étaient ceux du fils de cet homme, lequel pleurait à chaudes larmes son compagnon poilu au téléphone. Quand je revins, le chien avait disparu. J'en ai voulu à mon père de faire pleurer un enfant et à ma mère de nous mettre dans le pétrin. Face à leurs infidélités, ils réagissaient différemment. Lui était franc, empestait le parfum en rentrant, laissait traîner des étuis de capotes dans les tiroirs de sa table de nuit, et pensait peut-être s'absoudre ainsi. Elle mentait comme une arracheuse de dents et niait tout jusqu'au bout, finissant par croire à ses propres mensonges – elle n'avait donc rien à se faire pardonner. Il était romantique, elle était pragmatique, et ils s'aimaient.

Chapitre 11

Je n'aurais pas dû appeler. Ils m'attendent tous à table. Tandis que j'entre dans le salon, Fallen en sort, dans un mouvement de ballet parfaitement synchronisé. Elle est toujours nu-pieds et ses doigts de pieds peints ressemblent à des yeux qui vous fixent. Je m'assois près de Georges, face à mon père. Tout le monde se tait. Quelque chose va se passer. La lumière s'éteint, Fallen, de nouveau :

— Joyeux A-nni-ver-saire…

Cinq bougies crépitent dans la nuit en s'avançant vers nous. En chœur :

— Joyeux A-nni-ver-saire…

Mon père souffle ses bougies. Chacun crie bravo, je tente un youyou déglingué, en hommage à ma belle-famille kabyle. Fallen rallume la lumière et Georges lui tend son cadeau, un très beau livre sur Elvis Presley, l'idole de mon père. Les premières pages, en noir et blanc, dégagent une formidable impression de jeunesse, d'insouciance, de sex appeal. Son regard joueur, ses fossettes craquantes, son menton un peu pris : on voit d'ici le bon garçon, bon fils, bon soldat, qui bouffe déjà n'importe quoi, on sent sa peau blanche et renfermée de Sudiste avec des boutons dans le dos et des fiancées prêtes à tout pour les lui percer. Et puis il y a la dégaine de petite gouape, les futals serrés, les pompes pointues, la banane gominée. Mon père, quoi. Je suis émue de voir cette source d'inspiration prendre naïvement vie à mes côtés, touchée de l'imaginer bambin avec sa banane, sur les côtes normandes, encore baignées du souvenir de la guerre et de cet océan rose, et non rouge de sang dont m'a parlé ma grand-mère. Tout cela dégage un sentiment *bon enfant.*

— Alors cela fait comment d'avoir cinquante-cinq ans mon Bébé, hasarde justement Fallen.

— Je ne sais pas. J'ai l'impression d'en avoir dix-sept ! Demande à Big.

— Très drôle, dis-je.

— Non, ce qu'il y a de bien, reprend-il d'un air amusé, quand on approche de la soixantaine, c'est que tous les médecins, quel que soit leur champ de compétence, commencent ou terminent leur phrase par « pour votre âge ». « Ah, mais vous avez de bonnes dents, pour votre âge ! » Variante : « Pour votre âge, vous avez un cœur de jeune homme... ! » Sans vouloir paraître indécent ou prétentieux, quand je me vois dans une glace, je me dis que je ne remercierai jamais assez le Bon Dieu et maman de m'avoir fait si beau garçon. Big, ne prends pas ton air inquiet, je ne vais pas te ressortir mon bla-bla de vieux gâteux, mais quand je constate que tous les gamins s'habillent aujourd'hui comme Elvis, je me dis que ton papa a encore quelques beaux jours devant lui. Pour le boulot, c'est une autre affaire. Là, je me mets 2/20. C'est bien simple, avant, je ne faisais rien et je gagnais beaucoup. Maintenant, je bosse comme un damné pour des clopinettes fumées par le fisc. J'aurais pu acheter un appartement, investir, épargner, au lieu de quoi j'ai tout dilapidé en voyages, fringues, et autres joyeusetés. Mais qu'est-ce que j'ai pu en profiter ! Quand je repense à tout ce que les femmes m'ont donné, à ce week-end extraordinaire passé à Rome avec deux copines – parce que les filles, cela m'a toujours étonné, sont très lesbiennes – je ne regrette rien. Nous occupions la plus belle suite de l'hôtel, et l'on n'a pas quitté la chambre ou presque. Les clients nous regardaient de travers, d'autant que Belinda – Big, je t'en ai parlé, un mannequin corps qui travaille pour des marques de lingerie – et Kay étaient vraiment deux bombes.

Je regarde Georges, qui, admiratif, se demande où mon père peut décidément décrocher des prénoms pareils.

— Question flirts, je me mets 19/20. Tu ne peux pas savoir, Big, ce qu'a vécu ton vieux papou. Tout ce que les femmes ont eu la bonté de me donner.

— Si, si, ça va…

— Encore aujourd'hui, je suis sidéré par leur folie, leur audace, leur courage, leur intelligence et leur absence totale de vergogne… Elles sont l'avenir de l'humanité. Georges, qu'est-ce que tu en penses ? Ces filles qui te rejoignent, chaudes comme des pantoufles, pendant que leurs maris ronflent, puis rentrent chez elles sans même avoir pris de douche avant que les enfants se réveillent ? Je me souviens de la gardienne de mon immeuble m'appelant au bureau pour me dire qu'elle rêvait de moi, qu'elle criait mon prénom au milieu de la nuit : heureusement que son mari dormait sur ses deux esgourdes. Pendant un an, je me garais à l'autre bout de la rue de peur qu'elle ne me chope, rien à faire, elle était arrimée à la porte d'entrée, solidement campée sur ses deux mollets en bouchon de champagne, les mains sur les hanches, m'alpaguant d'une voix nasillarde qui aurait explosé les tympans de Beethoven. Mon Big, les meilleures sont pour moi ! Une fois, je suis sortie avec la petite amie d'un boxeur aussi, un joli brin de fille qui devait s'ennuyer ou chercher la castagne. Quand j'ai appris le nom de son mec, je n'ai pas insisté, mais il était trop tard. Le type nous avait suivis, heureusement ce soir-là je n'allais pas chez moi, mais en boîte échangiste. Il n'a pas dû être déçu ! Je ne les ai plus jamais revus…

Dans ces cas-là, je prie pour que cela s'arrête. Mais le babil tient bon : « Et puis il y a celles qui te font passer des petits mots au restaurant, ou te font carrément du pied sous la table, et te chopent aux toilettes... »

Pitié ! « ... Celles qui veulent rester vierges, doivent rendre des comptes à leurs promis ou à leurs frères, mais sont d'accord si tu les prends par-derrière. Non, franchement, Big, c'est une grande chance que d'être né garçon, surtout quand on est un beau garçon comme ton papa ! »

Il rigole, les lèvres retroussées, les yeux mi-clos, le corps secoué de petits spasmes. Je ne sais jamais trop quand je dois le prendre au sérieux. Si c'est du lard ou du cochon, selon l'expression consacrée, et c'est sûrement l'effet recherché. Fallen, elle, se contente de couiner sans conviction et de donner une tape sur l'épaule de mon père en prenant l'air offensé.

— Et vous Georges, cinquante-cinq ans ?

Je la hais. Je hais sa manière de le vouvoyer alors qu'il la tutoie, pour bien le rappeler à sa douloureuse condition de vieux barbon. Je hais sa manière de jouer les impertinentes comme si elle faisait la maligne dans le salon de ses parents. Je hais ses poses de fausse ingénue, ses grands yeux écarquillés, son décolleté pigeonnant, sa bouche entrouverte de Justine du pauvre. Je hais sa pseudo-culture scolaire qu'elle nous rabâche comme si on était des vieux cons qui n'avaient rien compris à la vie. Je hais ses petites pattes frêles qui doivent casser sous le poids de mon père. Je hais son phrasé précieux et travaillé, sa manière de parler fort à une personne pour en faire profiter l'assemblée. Je hais sa fausseté, son air juvénile qui devrait nous faire croire qu'elle est désintéressée. Je hais sa manière de faire du gringue à Georges en pensant que personne n'est au courant. Je hais son crucifix, ses petites culottes, sa crème hydratante, tout ce qu'elle a souillé chez nous. Je hais sa manière de se tenir mal, d'être saoule, son corps de pantin impudique et désarticulé. Je hais que le sang lui monte aux joues à la moindre émotion. Je hais sa tenue de pute, son baratin catholique, cet âge où tout est pardonné. Je hais que mon père l'aime. Je la hais d'être ce que j'ai été. Je la hais de m'avoir brutalement jetée dehors, congédiée, et d'avoir ainsi pris une place qu'elle ne méritait pas. La mienne.

Georges, comme à son habitude, a botté en touche par un trait d'esprit, ce qui lui évite de répondre. C'est un gars de Lyon qui a des manières de Normand. Dans un sens, il a fini par ressembler aux personnalités politiques qu'il côtoie toute l'année. Que pourrait-il dire ? Cinquante-cinq ans, c'est le bel âge pour un homme pas trop engagé. Les enfants sont tirés d'affaire, si tant est qu'ils le soient jamais, le voilà libre de poser quelques jalons et d'ouvrir grande sa garçonnière à deux ou trois générations. Et pourtant, j'en connais des coquets qui stagnent à quarante-neuf ans, jamais cinquante. Ce sont les mêmes qui mesurent toujours 1,80 et non 1,79. Ceux-là découvrent avec stupeur et cynisme les messages publicitaires façon SPA qui encouragent les entrepreneurs à engager des retraités. On y voit des malheureux otages de cinquante-cinq ans aux tempes grisonnantes implorer des jeunes loups en planque de ne pas les abandonner sur la route, parce que eux aussi savent se servir d'un ordinateur. C'est d'un triste. J'ai connu un de ces hommes d'un mètre soixante-dix-neuf et de quarante-neuf ans, que mon père avait d'ailleurs gracieusement labellisé « bas du cul ». Il mentait sur sa taille et sur sa date de naissance, rien de grave, deux ou trois ans, un ou deux centimètres, rabotés au passage. D'ailleurs, il mentait toujours de peu. Il détestait qu'on lui touche la tête, il enfilait ses pulls, en écartant l'encolure au maximum, de manière à ce qu'elle ne lui arrache pas un cheveu. Des cheveux de bébé (il dormait jusqu'à midi) qu'il peignait méticuleusement durant des heures pour construire un genre de cabane soufflée, la cabane de Soukkot, au-dessus de son crâne. Il en camouflait ainsi les parties déplumées tout en jurant déplorer cette crinière de fauve indomptable, à l'origine de coupes improbables. Enfin, il scrutait tous les matins son oreiller, dessus, dessous, repassant le drap d'un revers de bras, voir s'il n'était pas devenu chauve pendant la nuit. Dans sa vitrine idéale, les cheveux demeuraient son grand souci, le deuxième étant les filles. Il ne regardait QUE les étudiantes, ou les signes extérieurs d'étudiantes. L'idée d'être avec une femme de son âge, son ex-femme par exemple, lui paraissait aussi invraisemblable que de se raser le crâne. « Les vieilles », qualificatif qui désignait tout ce qui dépassait trente ans, étaient des extra-terrestres, des rabat-joie, des maladies contagieuses. Des miroirs qu'il fallait fuir à tout prix, auxquels il n'accordait pas un regard. Des gorgones amères dont il redoutait l'air inquisiteur et sur lesquelles il se vengeait du temps qui passe et des échecs qui demeurent. Un jour, je me suis inquiétée du fait qu'en vieillissant, son intérêt se fixait sur des filles de plus en plus jeunes, c'est-à-dire, plus jeunes que sa propre fille. Des filles pas encore tout à fait formées, parfois plates comme des garçonnets, alors que les garçonnets, eux-mêmes, ne rêvaient que de seins. L'engrenage me déplaisait, même si je savais que chez certains, dont mon père, qui trouvait par moments formidablement digne et singulier d'être avec une femme de son âge, un revirement de dernière minute pouvait s'opérer. Sur mon mot de rupture, on pouvait déchiffrer : « Trop vieille pour toi ».

Dieu merci, il existe une égalité entre les sexes. A cinquante-cinq ans, il est temps pour un homme de calculer ses points retraite, de prendre rendez-vous pour sa coloscopie, et d'être doyen chez « Koh Lanta ». Contre toute attente, l'égalité des sexes viendra (au-delà de la profession, du salaire, de la parité, choses déjà presque acquises dans nos contrées) de ce qui, par définition, est le plus injuste : l'âge. En fait, tout comme un beau garçon a cinq minutes d'avance sur un laid (Talleyrand parlait de quelques jours), le temps pour l'ingrat de baratiner sa proie, une femme a dix ans de retard sur un homme. Ce qui n'est pas si mal compte tenu de son arriéré initial, qui se calcule en milliers d'années. Un célèbre obstétricien aigri, que sa femme avait quitté pour un homme plus jeune, m'avait dit ceci : « Elle s'en mordra les doigts, parce qu'un jour viendra où il voudra des enfants. Il la quittera, à son tour, pour une plus jeune qu'elle. » J'avais trouvé cela mesquin, mais il est vrai que le malheur ne rend pas forcément élégant, et que, pour l'instant, un homme de cinquante, de soixante, et même de soixante-dix ans peut faire un enfant à une fille de vingt ans sans problème. Tandis que la réciproque est plus incertaine. Patience. Dix ans de retard, qui seront à n'en pas douter un jour comblés par la science, quoi qu'en pensent les obstétriciens et les esprits chagrins.

Georges, lui, ne boxe pas dans la catégorie des faux jeunes, des obsédés du vieillissement, de la rage de l'âge, même s'il n'en demeure pas moins homme. D'une part, parce que son physique de Commandeur ne s'y prête pas. Ensuite, parce qu'il fait partie des garçons qui se bonifient avec le temps – on les reconnaît à ce qu'ils restent étonnamment discrets voire muets, sur le chapitre de leur enfance. En résumé, Georges est du genre « open bar », « grande braderie », « entrée gratuite pour les filles de 7 à 77 ans », trop heureux de cette manne, de cette fortune tardive et impromptue qui lui est tombée dessus.

— Georges, reprend mon père, je crois que Fallen a une question à te poser depuis le début du dîner, mais elle n'ose pas.

— Quel effet cela fait d'être un vieux croulant ?

— Non, bien sûr que non, minaude Fallen en baissant les yeux, les mains soudainement agitées, ses pieds nus qui flirtent dangereusement avec les derbys de Georges, déposant de la poussière dessus, ce qui me rappelle quand, enfant, je grimpais sur les chaussures de mon père, et que nous avancions tous les deux d'un même pas. Voilà, je passe mon bac à la fin de l'année et je voudrais faire une prépa. Seulement il s'agit d'une prépa très compliquée à intégrer. Mes sœurs y sont arrivées, ce qui peut jouer en ma faveur, mais je dois mettre toutes les chances de mon côté…

A mesure qu'elle s'enferre, je me demande où elle veut en venir exactement.

— Aussi, je me demandais, ou plus exactement je me disais que ce serait formidable et un grand honneur pour moi si vous vouliez, enfin si tu voulais, il n'est pas question de t'importuner, bien sûr, tu es libre de refuser même si c'est une pratique courante et symbolique plus qu'autre chose, bref, si tu voulais bien me… me parrainer ?

Une vision d'horreur manque de m'étouffer. Je l'imagine déjà assise à sa table d'écolière et Georges en train de lui surligner son cahier du doigt. Que faire ? Tous mes espoirs se tournent vers lui. Tandis qu'elle poursuit :

— Mais cela ne te prendra pas beaucoup de temps, comme je te le disais, c'est une fonction symbolique, même si je serais ravie et honorée que tu me prennes sous ton aile, et de pouvoir bénéficier de tes conseils avisés. Tu es une vraie personnalité dans le milieu. Si tu acceptes, je t'en serai éternellement reconnaissante et si tu refuses, je ne t'en voudrai pas. En revanche, je m'en serais voulu toute ma vie de ne pas te l'avoir demandé, de t'avoir laissé passer.

C'est tout ? Je fixe Georges, que la flagornerie ne laisse malheureusement pas insensible, pas plus qu'elle ne laisse insensible le reste de l'humanité moi comprise. Je regarde mon père qui décidément ne manque pas d'air. J'ai peur. Mon portable vibre dans la poche de ma chemise, je le vois qui bat sous mon vieux pull, et un court instant, j'ai la désagréable impression de porter un pacemaker.

C'est Perrier, il m'attend en bas.

Chapitre 12

Samedi midi. Trente ans.

Je l'attends sous une pluie de juillet. Il doit me retrouver devant cette boutique pour essayer des lunettes noires qui remplaceront les précédentes. Son anniversaire est dans trois mois, mais il aime tout planifier et commander ses cadeaux, comme le font les enfants avec le Père Noël. Mon père n'a pas eu de père, ni à Noël, ni en juillet. Mon imper goutte sur le trottoir, j'ai mis les mains dans les poches pour tenter de me protéger. Je sens mes cheveux trempés, mais j'aime bien. Finalement, je le vois qui arrive, rageur, dans sa petite voiture. Il se gare mal en double file, ce qui n'augure rien de bon. Traverse la rue en courant, les traits renfrognés, peste contre la circulation.

— Les mecs qui tiennent cette ville sont des pervers.

— Ce sont des Verts tout court. Ça commence par défendre un arbre et puis ça veut tuer l'humanité entière.

Il est d'une humeur de chien. Me toise de haut en bas, comme le menu d'un restaurant. Nous entrons dans la boutique. Elle est blanche, immaculée du sol au plafond. La vendeuse, bien coiffée, bien maquillée, proprette – elle pourrait se marier sur-le-champ –, lui tend le modèle que j'ai repéré. Malheureusement, cela ne va pas. Mon père a l'arête nasale trop épaisse, si bien que les montures ont tendance à planer quelques centimètres au-dessus du nez. Petite, il me répétait en riant : « Tu sais ce que dit le dicton, Big, gros pif, gros paf ! » La vendeuse lui tend une deuxième paire, puis une troisième, guère mieux. Je m'assois sur un fauteuil en cuir clair.

— Vous voyez, mademoiselle, d'habitude ce sont les hommes qui s'assoient éreintés sur le premier tabouret venu pendant que leurs femmes font du shopping. Avec ma fille, c'est le contraire. C'est elle qui m'attend, tandis que moi je pourrais essayer toute la boutique. Big est la seule fille que je connaisse au monde qui n'aime pas le shopping et qui refuse qu'on lui offre une nouvelle paire de chaussures.

La vendeuse jette un regard à mes ballerines mouillées, deux vieilles souris fatiguées, en prenant l'air absent de celle qui ne veut pas rentrer dans la polémique. Jusqu'ici, j'ai toujours cru que mon père était fier de ça, de moi. Du fait que je ne ressemble pas à toutes ces femmes enrubannées comme des gigots qui vont s'exposer à l'étal du boucher. Je pensais naïvement être le secret le mieux gardé de Paris. Son secret. Et puis de critiquer les autres, bien sûr, m'évitait de rentrer dans la course. J'étais celle à qui l'on donnait une chance. Mais la chance n'est pas éternelle. Et pour la première fois, j'avais l'impression qu'il me détestait.

Son portable sonne trop fort. J'ai un peu honte. Il le laisse sonner, puis sort ses lunettes, colle ses yeux à l'écran comme s'il avait cent dix ans. Je ne sais pas à quoi rime ce cinéma à chaque fois. Ses lunettes de vue ressemblent à des hublots, et me rappellent les carreaux du gardien de mon école qui surveillait nos va-et-vient. Nous pensions qu'avec des loupes pareilles, il serait facile à berner, même pas. Pourquoi portait-il ces gigantesques montures de taupe ? Sans doute parce qu'il n'y voyait rien et qu'il préférait non seulement annoncer la couleur, mais forcer le trait. Mon père était un coquet à l'envers qui brouillait les pistes. Au bout de la cinquième sonnerie, il a finalement décidé de ne pas décrocher. Un peu comme quand il allume une clope, crapote trois taffes, souffle un gigantesque nuage de fumée sur son voisin, et puis l'éteint, mal de préférence, pour que ça pue bien.

Nous quittons la boutique. Pour ne pas rester sur cet échec, il m'invite à déjeuner. Cela ne nous arrive jamais, de déjeuner. Un samedi, qui plus est. Ni notre heure, ni notre jour. Il ne pleut plus. Je ne le sens pas vraiment, ce rendez-vous impromptu, mais je suis incapable de décliner l'invitation, et puis j'ai faim, pour changer. Aussi je trotte jusqu'à la voiture, pour qu'il n'ait pas à m'attendre. Je m'assois bien droite, les pieds cachés le plus loin possible sous le siège. Il met le contact, la musique résonne. Combien de fois s'était-on retrouvés ainsi, côte à côte, dans la voiture ?

A l'époque, ma tête ne dépassait pas le tableau de bord. Nous ne savions pas trop quoi faire, nous n'avions pas d'endroit où aller. Alors, on roulait. On roulait, jusqu'à ce que je m'endorme, pour passer le temps ensemble. Et mon père me redéposait.

Au restaurant, les serveurs n'ont pas l'habitude de me croiser le samedi, de me voir à la lumière du jour, si bien que l'espace d'un instant, ils ne me remettent pas. Je suis hors cadre. Un peu comme ce jour récent où le gérant du bistrot qui fait face à l'appartement de mon père s'est approché, débonnaire, de notre table. Il était rougeaud, son crâne luisait au soleil, il portait un tablier serré sous la panse et son estaminet offrait le plus mauvais rapport qualité-prix de tout le quartier. Mon père avait ses habitudes ici. Il y venait tous les jours boire le café, lire le journal, dîner, parfois. Bref, le gros slalomait vers nous. Arrivé à notre hauteur, il a mis ses deux poings sur la table, et lancé, bravache, à mon père :

— Alors, encore une petite nièce ?

Je ne savais pas ce qu'il entendait par *petite nièce*. Mon père parut gêné, pouffa et lui répondit l'air mauvais que je n'étais pas une petite nièce, mais sa fille. Le patron releva le menton, l'air de celui à qui on ne la fait pas, me jaugea encore un peu, ondulant sa grosse nuque d'avant en arrière, comme un pigeon, puis me regarda droit dans les yeux.

— Votre fille, bien sûr.

Le restaurant est encore désert à cette heure-ci. Il est un peu plus de midi. Seules deux ou trois tables sont occupées par des vieux, arc-boutés sur leur assiette, qui déjeunent tôt. Ça sent l'eau de Cologne et le pain grillé. J'ai toujours le même plaisir à le retrouver, qu'il soit déjà là, installé dans son coin, ses lunettes posées sur la tête, à m'attendre depuis dix minutes parce qu'il est en avance – quand j'étais petite, il arrivait toujours en retard à l'aéroport, tandis que je patientais assise devant la télé dans la salle des hôtesses, ma carte UM autour du cou. Ou bien que nous arrivions ensemble, comme c'est le cas aujourd'hui, et que je lui emboîte le pas jusqu'à notre table. L'impression de respirer mieux dans son sillage, plus grand, plus vaste : New York ! D'être éternelle.

Il y a fort longtemps, au début de notre histoire à Georges et à moi, j'eus un vif échange avec ma belle-fille. Passé les premiers jours, où je découvrais les joies de jouer à la poupée – je la coiffais, je la portais sur mes genoux, je lui découpais sa viande, bref je faisais tout ce que j'imaginais à vingt ans qu'une mère pouvait faire –, je me lassai et notre relation tourna court. Elle me regardait de travers et en fouinant dans ses affaires, je finis par découvrir son journal intime dans lequel, entre trois photos de copines et une étiquette de bière exotique, elle me traitait de « pétasse hystérique » (écrit avec un stylo multicolore). J'eus un peu de mal à digérer l'information, mais c'était de bonne guerre et sans doute assez vrai. A l'époque, si mes souvenirs sont corrects, j'avais une fâcheuse tendance à claquer la porte. J'étais complexée, jalouse de chaque minute qui ne m'était pas allouée, et Georges n'arrivait jamais à partir à l'heure au bureau. Cela me rappelait un film avec Jane Fonda qui jouait une jeune mariée et se pendait, nue sous sa chemise d'homme, au cou de son bien-aimé dès qu'il tentait de quitter leur nid douillet. Un jour, donc, je pris ma belle-fille entre quatre yeux. Elle venait de demander à son père si je partais aussi en vacances avec eux. Rien de grave à cela, mais la manière dont elle s'y était prise me déplaisait. Elle s'agrippait à la manche de son père et répétait inlassablement sa question :

— Mais elle vient avec nous, dis, elle vient avec nous ?

Je n'aimais pas qu'elle m'appelle « elle ». J'aurais préféré mon prénom à un pronom impersonnel qui sonnait mal élevé. Aussi, je décidai de répondre à la place de Georges.

— « Elle » a un prénom. Et tu n'as rien à craindre de moi, lui dis-je, car je ne suis que de passage, tandis que toi et ton frère êtes là pour la vie.

Cela sembla la rassurer. Aussi ai-je dû conclure dans la foulée, profitant de cette trêve inespérée, elle pouvait bien m'accorder une petite avance.

Après, ça s'est mieux passé.

Je salue d'un geste de la main une table d'habitués, où chacun a l'air de tenir son rang : grands-parents, parents, enfants, comme dans le Jeu des Sept Familles auquel je jouais durant les heures de sieste, assise sur les marches de l'escalier avec ma voisine de palier à Nice. Nous venions d'ailleurs de vider l'appartement de ma grand-mère, qui s'accrochait à la vie plus au nord, pour le revendre à cette même voisine. Ma mère, épaulée par mon oncle et ma tante, ou plutôt était-ce le contraire, y avait passé sa journée pour rentrer à la nuit tombée légèrement ébouriffée, avec, en tout et pour tout, le sac du chien, contenant son réveil en cuir d'enfant, une blouse roumaine et une affreuse perruque genre *Psychose*. Elle avait balancé l'urne de papi à la poubelle (sa phrase fétiche, qui avait bercé mon enfance, était : « tu te donnes beaucoup d'importance »).

Nous prenons place dans notre niche habituelle, où mon père s'assoit toujours un peu de guingois, les jambes croisées sur le côté, le bras accoudé à la banquette, sa main manucurée qui pend dans le vide comme un balancier. L'homme qui ne prend pas de gants. Viendra, viendra pas ? Il a son air des mauvais jours.

— Pour ton anniversaire, je vais t'acheter une paire de chaussures à talons. Ça va te changer de tes chaussons aux pommes.

— OK, dis-je, pour éviter le conflit, tout en pensant au nombre de paires de talons qui dorment dans mon placard.

Parfois, je tombe dessus par hasard. Je rêverais de les porter, mais les savoir là me suffit. J'ai un rapport malsain aux signes extérieurs de séduction, à tout ce qui peut transformer l'être humain en paon. Et pourtant je fais la roue toute la journée, mine de rien. Pour enjôler la gardienne, son chat, le kiosquier, le patron du bistrot, le boucher chez qui je n'achète que des carottes râpées. Puis les automobilistes, que j'emmerde aussi volontiers, la serveuse de la cafétéria, un ange de bonté échoué là, mes collègues, le cuistot qui dit « sauce ? » avec l'accent pakistanais, la caissière qui m'appelle chérie, re mes collègues. Enfin je rentre, cabossée et puante, pour prendre un bain non citoyen et m'échouer sur le lit où j'oublie devant la télé que les hommes et les femmes, c'est pareil, que Dieu n'existe pas et que nous sommes responsables de la fin du monde. J'oublie que je sais, j'oublie que je suis seule, et, surtout, j'oublie que je ne crois pas. Parce que croire est ce qu'il y a de plus important dans la vie.

— Je vais t'emmener chez Sergio.

— Jamais.

Je me retiens de ne pas ajouter : « Je n'irai

pas dans cette boutique où les chaussures ressemblent à des strings. Et où tu as traîné toutes tes fiancées. »

Le vent se lève, il a l'air de plus en plus irrité. Je prends peur et joue nerveusement avec mon annulaire en pensant y trouver la bague que j'ai pourtant perdue, comme à chaque fois. Mauvais présage. Je n'égare jamais rien, sauf mes bagues qui tombent toutes seules, comme un fruit gâté, à l'aube d'une séparation. J'en ai perdu une dans l'herbe, l'autre dans la rue… Elle glisse sans prévenir et je pleure son souvenir, quand, bien après, je frotte mon doigt machinalement et que plus rien ne retient ma main. Ne reste alors qu'une trace blanche dans la fourche du doigt, une absence que j'oublie, jusqu'à oublier définitivement l'objet. Un frisson me vrille la tête, tandis que je sens mes cheveux mouiller la banquette. J'ai toujours redouté les colères de mon père, et pourtant il n'a jamais levé la main sur moi. Pas comme ma mère, old school, qui s'en donnait à cœur joie sans jamais parvenir à m'effrayer. Jusqu'au jour où, par pur réflexe, en plein milieu du salon, je lui ai rendu sa gifle. Le temps s'est arrêté.

Je ne devais pas avoir dix ans et, comme on dit, j'ai senti passer ma douleur. Avec mon père, il en allait tout autrement, il suffisait qu'il m'appelle par mon prénom, par exemple, pour que mon sang se glace.

Le serveur approche ses cheveux teints. On dirait qu'il porte son chien sur la tête. Je le connais depuis l'enfance, ce qui m'a permis d'apprécier l'évolution de son nuancier capillaire. Après des années de « queue d'écureuil en folie », en ce moment, nous avons droit à un joli noir jais, « Soir de Paris ». Nous passons la commande. Ou plutôt fait-il mine de noter notre commande, la même depuis Mathusalem. Mais alors que je suis sur le point de terminer en apothéose par un de ces magnifiques clafoutis aux fruits rouges légèrement amers qui me brûlent les papilles d'avance, mon père rend son verdict : pas de dessert. Il a parlé pour moi et je n'ai plus qu'à me taire. Soir de Paris rompt.

— Je ne comprends pas pourquoi tu t'obstines à te massacrer ainsi.

Je repense à cette pièce, si haute que je dois me dévisser la tête pour en faire le tour, ornée de têtes d'animaux morts jusqu'au plafond, leurs grands yeux vides comme ceux de mes peluches. Ma mère m'explique qu'on les appelle des massacres et combien c'est magnifique. Je trouve cela effrayant et vaniteux. Cela me donne envie d'abattre ceux qui ont commis ça et ceux qui ont occis King Kong aussi. Suis-je vraiment un Massacre ? Je baisse la tête, cramoisie de honte, et jette un œil aux tables contiguës, de crainte que l'on nous entende.

— Cette manière de t'empiffrer comme une vache, de t'habiller comme un clodo, d'avoir les cheveux tout le temps dégueulasses…

Les yeux me piquent, je sens son regard noir me brûler le front. Il me parle comme on tape. Avec des mots durs qui cognent contre les murs du restaurant, résonnent dans les assiettes, les verres, et tiennent les serveurs à distance.

— Nous ne voyons peut-être pas les choses de la même manière, je dis cela l'air dégagé mais ma voix loupe une marche et me trahit.

Je pense à tous ces chanteurs la gorge perpétuellement protégée par des enchevêtrements d'écharpes bigarrées. La voix est décidément le plus bel instrument de l'homme, plus beau encore que le violoncelle ou le piano, plus proche que le stylo.

— Tu es né dans les années 50, suis-je contrainte de reprendre depuis le début, et moi dans les années 70. Tu es d'une génération qui a voulu jouir plus que les autres parce qu'elle a vu le jour après la guerre. La mienne est peut-être plus grave, plus grunge. J'appartiens à l'époque des borborygmes, des chemises à carreaux, de la junk food, des films d'horreur et des cheveux en rideaux. Je ne te juge pas, ne fais pas mon procès, s'il te plaît.

— Tout ça, c'est des conneries ! Il n'est pas question de te faire un procès. Mais ce refus pathologique de te mettre en valeur est une énigme. Ce que n'importe quelle jeune fille de treize ans semble comprendre et développer naturellement reste pour toi un mystère. On dirait une atrophiée, une orpheline, un gros bébé emmitouflé dans ses pulls qui lui font des bras comme des moignons.

— C'est gentil de me parler comme au dernier des laiderons, mais il m'arrive aussi de plaire. Bien que je ne m'en vante pas et qu'il soit assez humiliant de devoir ainsi me justifier devant toi.

— Je ne suis pas le seul que ça intrigue, pour les autres aussi le mystère demeure entier : comment une fille telle que toi, qui a tout de même hérité d'un bon capital génétique, qui peut se targuer d'avoir des parents imparfaits, certes, mais sexy, se retrouve à ne sortir qu'avec des chauves qui ont deux fois son âge, des enfants et pas un rond.

— Tu n'y es peut-être pas pour rien !

La phrase m'est sortie comme un boulet de canon et, pour la première fois depuis le début de la conversation, je le dévisage pour voir si la charge a atteint sa cible.

— Ah, cela m'aurait étonné que ce ne soit pas de ma faute ! Mais je ne t'ai jamais rien demandé. Je me suis toujours abstenu de tout commentaire sur tes fiancés et ta vie privée.

— C'est une absence de commentaire qui, effectivement, se passe de commentaires. Un homme ne se résume pas à des chiffres. Tu traînes ceux que j'aime dans la boue, tu les ignores, les méprises. Est-ce que j'ai jamais émis la moindre réflexion sur ton mode de vie ? Laisse-moi vivre.

— Tout ça n'est qu'un ramassis de lieux communs.

— Ne crois pas que ce soit commun d'avoir un père qui vous raconte à treize ans que sa fiancée est étroite. Tu es toujours dans mon chemin !

Ça l'a laissé coi quelques instants. Mais je n'ai pas eu le courage d'aller plus loin. Pour lui dire quoi ? Qu'il avait biaisé notre relation, avec ses histoires de clébard ? Tiens, un titre : « Tu biaises ? » C'était tellement évident. Tout ce que je faisais, c'était pour lui, à cause de lui. Je croyais qu'il ne voulait pas que je ressemble aux autres, aux filles en chaleur, en vitrine. Je croyais qu'il voulait qu'on soit seuls contre tous. Un jour, il me l'avait dit : « Big, tu es la seule femme de ma vie. » Nous attendions qu'une fiancée blonde le rejoigne en vacances, il lui avait demandé de venir quelques jours après notre arrivée pour pouvoir passer un peu de temps en ma compagnie. Celle-là, j'aimais bien la faire souffrir. Dès que nous retrouvions l'Italie, notre mère patrie, je visitais tous les musées à quatorze heures, en plein cagnard et au pas de course, rien que pour l'emmerder, tandis qu'elle tirait la langue en demandant « quand est-ce qu'on rentre ? ». Je me réjouissais à l'idée qu'elle traverse l'océan pour un maigre week-end. Je barbotais dans mon maillot de bain trop grand sous un ciel étincelant ; j'avais treize ans.

— Tu peux me rétorquer ce que tu veux, tu n'arriveras pas à me faire changer d'avis. Ce que je te dis là est mathématique et tes arguments ne me feront pas sortir de cette équation. La vérité, Marion, c'est que tu n'aimes pas ton corps. Tu ne t'aimes pas. Et si tu ne t'aimes pas, personne ne le fera pour toi. C'est du gâchis.

Le mot gâchis me fit vaguement penser à hachis, et je ne pus retenir mes larmes en voyant ma vie partir en miettes. Cela ne m'était pas arrivé depuis des années et j'en conçus une honte qui vint nourrir ma haine.

— On ne peut rien te dire.

On vous élève pendant trente ans, en vous intimant d'être ceci ou cela, on vous farcit la tête de principes que bien sûr on ne s'applique pas, et puis un beau jour on vous dit que vous faites fausse route et que votre vie est un hachis.

— Je voulais juste être quelqu'un de convenable à tes yeux.

Chapitre 13

— Si tu ne descends pas, je monte.

Je me lève de ma chaise, un peu cotonneuse après avoir effacé son message, et regarde par la fenêtre, il est en bas. Je ne le vois pas, mais sa voiture est garée, les phares sont éteints, seuls les essuie-glaces s'activent. Je l'imagine assis, le coude gauche posé sur son genou, adossé à la portière, comme lorsqu'il me redépose et que nous débattons des heures de notre avenir, excités par tous nos plans – la déco de l'appartement, le lieu du mariage, le choix des témoins, le prénom de nos enfants – ou abattus parce que c'est sans issue. En tout cas, moi je n'y crois pas, je fais comme si, et, parfois, j'oublie que je n'y crois pas. Perrier vit dans un petit studio d'étudiant que je peux rejoindre à pied, en traversant l'eau, mais il passe le plus clair de son temps à quadriller la ville, d'un bureau à l'autre, dans sa voiture, laquelle regorge de paperasses, de journaux, de fringues, de bouteilles de Coca à demi vides ou à demi pleines selon notre humeur, et même, si l'on creuse bien, d'une ou deux affaires à moi. Elle est sa deuxième maison, notre alliée, notre refuge. Je l'y embrasse pendant des heures, lui grimpe dessus, lui lèche la langue, tandis qu'il me caresse. Il en ressort la chemise froissée, les cheveux en bataille, rouge vif, prêt à exploser, et retourne en se rhabillant jusqu'à son bureau, d'où il est parti voilà une heure acheter des cigarettes au tabac d'en bas. Je garde son odeur sur moi, celle de son parfum que j'ai acheté même s'il ne me va pas – plus exactement, il ne me va qu'à travers lui, c'est un train que je ne peux prendre qu'en marche. Le jour où je l'ai acheté, Georges se trouvait là. Nous flânions dans les rayonnages d'un grand magasin, mais au lieu de contourner comme à notre habitude l'horrible stand des parfums qui nous pendait au nez depuis l'entrée, j'eus envie de l'essayer, de le vaporiser à l'intérieur du poignet, juste là où la peau tendre ne voit jamais le soleil, où les veines affleurent et forment un delta. « Egoïste » ne m'allait pas, et pourtant. Je l'ai quand même acquis à la surprise de Georges qui me savait fidèle à un autre prénom que le sien, Hadrien. J'avais la mémoire un peu courte ces derniers temps. Il n'a rien dit, rien deviné, rien senti venir, c'était pourtant aussi banalement flagrant qu'une femme qui se coupe les cheveux, et je m'en suis doublement voulu de ma fourberie. Ma mère me l'avait bien dit : on ne voit que ce que l'on veut voir, tout clairvoyant, intelligent, aguerri que l'on soit.

La question de Fallen a cueilli Georges à froid. Il pianote doucement le ventre de son verre, où le vin semble avoir bu la lumière de la bougie, comme les yeux peuvent emmagasiner le soleil d'une journée, pour prendre une jolie teinte mordorée, le genre de couleur qui peut donner du bonheur. L'autre main est posée sur l'extrémité bombée de l'accoudoir de son fauteuil, qu'il tient comme on attrape le bout d'un sein, et la pose me rappelle un tableau célèbre de l'école de Fontainebleau, qui figure dans tous les livres scolaires, où

Diane de Poitiers, torse nu, pince le téton rose d'une amie.

— Pourquoi pas, dit-il à Fallen d'un ton paternel. Passe tes examens et nous en rediscuterons en temps voulu.

Je le reconnais bien là, cette réponse qui n'engage à rien mais ne ferme aucune porte. Il l'a prononcée comme une sentence, de sa voix grave et posée. J'ai toujours dit à Georges que s'il n'avait pas été dans la politique, il aurait pu entrer dans les ordres ou faire un psychanalyste prisé. Trois professions d'obsédés sexuels maniaques du secret. Sa manière d'attraper la balle au bond, de reprendre les chutes de phrases pour relancer la conversation, tout cela sans jamais ciller, devait figurer en bonne place dans « Les dix Commandements du Psy ». Lui-même n'avait jamais fait d'analyse, y compris au plus fort de la tendance, et ce n'est pas aujourd'hui que le phénomène s'était considérablement galvaudé, qu'il allait s'y atteler. Il raillait gentiment la création des « cellules psychologiques » – qui étaient à l'analyse ce que le rond-point est à la circulation, un objet vain mais fleurissant, fait pour rassurer les masses et justifier des crédits dépensés – et se moquait plus encore de ces grandes bourgeoises qui envoyaient leurs enfants de trois ans ou leur chien anorexiques sur le divan. En conséquence de quoi, selon le règlement en vigueur chez Lacan qui voulait qu'on soit patient avant de prendre le relais de la main même de son psy, il ne pourrait jamais exercer. Pour les ordres, il se faisait un peu tard aussi. Une enfance passée chez les jésuites l'avait définitivement guéri des bondieuseries. L'établissement, perdu en pleine campagne, était du genre ouvert aux courants d'air et radin sur la pitance. Un jour où, pas plus haut que trois pommes, il avait volé un bout de pain dans les cantines, un curé mielleux lui dit qu'il ne lui serait rien fait s'il confessait son péché. Georges a avoué, le curé est sorti du confessionnal en trombe et lui a administré une claque sonnante qui a fait voler ses larmes en éclats. Georges a gardé de cette enfance passée loin des siens un violent amour pour le pain qui n'a d'égal que son violent dégoût pour toute forme d'autorité.

Fallen semble se satisfaire de cette réponse. La voilà presque calme, apaisée. Comme un enfant surexcité de fatigue, qui tombe de sommeil sans prévenir. Son fiancé, mon père, lui caresse doucement la tête. L'effet du champagne s'est évanoui, mais les vapeurs de l'alcool lui voilent encore les yeux. Des petits yeux rougis qui ne demandent qu'à se fermer, tels des poings de bébé. Ses paupières charbonneuses luttent contre un fardeau invisible ; son corps, lui, s'est rendu. Elle remercie Georges du fond du cœur, une fois, puis deux, puis trois. « N'en jetez plus ! » se rengorge-t-il. Elle contourne la table et lui dépose un chaste baiser sur les lèvres. J'en suis presque flattée, l'âme humaine est décidément tarabiscotée. Flattée qu'une fille que je trouve extraordinaire rien que parce qu'elle a les faveurs de mon père puisse trouver quelqu'un qui m'appartient à son goût. Elle continue son tour de table et me rejoint jusqu'à la fenêtre pour m'enlacer et me remercier à mon tour. C'est vraiment une petite pute, rien d'autre qu'une danseuse du ventre, dont l'haleine à 90° pourrait réveiller un mort ou désinfecter une plaie. Alors que je suis encore dans ses bras, que je sens son petit buste humide et froid me coller le menton, l'idée qu'elle cicatrise les blessures rien qu'en soufflant dessus me ravit. Enfin, un alcootest humanitaire ! D'un coup, elle passe du statut d'enfant qui dégrise au statut de maman qui souffle sur les bobos pour les faire disparaître. Cette fille est Jésus-Christ. Nous y voilà. La Catholique Pratiquante. J'aimerais qu'elle me souffle, me guérisse et m'expédie loin d'ici.

— Au fait, j'allais oublier, j'ai également une surprise, m'entends-je pépier, tout en me désemboîtant de Fallen. Mais il faut que j'aille la chercher.

Georges et mon père se retournent vers moi au même instant, comme des frères siamois, et me scrutent avec intérêt. Mon père se dit touché et propose que l'on remette cela à la prochaine fois, il se fait tard et si nous voulons sortir, il serait bon de débrayer. Mais j'insiste, j'ai laissé mon cadeau en bas de l'escalier, sous la niche qui sert de parking à poussettes et bicyclettes, ça ne prendra pas longtemps. Georges me fixe d'un drôle d'air. Je soutiens son regard, avec la désagréable impression, comme à chaque fois que je mens, qu'une enseigne lumineuse clignote au-dessus de mon front. En grandissant, j'avais fini par ne plus mentir, ou presque

– des broutilles qui me retombaient dessus avec constance m'invitant à définitivement rayer le mensonge de mon placard à réponses toutes faites. Parfois, vieux réflexe pavlovien, mon cœur se serrait, quand, par malheur, je commettais une bêtise, avant que ma tête ne me rappelle à la réalité : je n'avais plus huit ans, je n'étais pas encore mariée, je pouvais donc casser tous les vases que je souhaitais, faire le mur, ne pas prendre de bain, et voler dans le porte-monnaie de la maison, qui m'appartenait. Pas comme cette fois où j'avais escaladé le frigo pour y dérober dans le portefeuille de ma mère un gros billet que je m'empressai d'offrir à ma grand-mère, laquelle me demanda d'où venait cet argent (« je l'ai gagné ! » dis-je offensée, mes genoux se dérobant), et me dénonça illico à sa fille avant de me priver de dessert. Une affaire rondement bouclée qui m'était restée au-travers de la gorge. J'avais trouvé un peu saumâtre d'être ainsi balancée à la vindicte maternelle pour un larcin qui selon moi n'en était pas un, cet argent n'ayant que transité par ma poche, et par quelqu'un qui avait connu la guerre et planquait toujours des tickets de rationnement dans le dernier tiroir du gros buffet – on aurait dit un buffle – de la salle de séjour. Evidemment, ces derniers temps, je me rattrapais. Je mentais comme on ponctue une phrase en attendant que quelqu'un me prive de dessert, en vain. « Plus c'est gros, mieux ça passe », m'avait un jour confié ma mère, forte de son expérience en la matière et alors qu'elle entretenait une amitié débordante avec un ex-légionnaire au physique de bûcheron, peu avare de sophismes, dont le récurrent « Pourquoi est-ce que l'on a toujours faim ? ». Effectivement, il était gros et même légèrement gras. Inventer ce cadeau de dernière minute m'apparut comme le seul moyen d'éviter que Perrier ne monte ici ou, pire, que nous le croisions en bas, devant le grand porche en bois, la porte des Enfers, notre joyeuse famille recomposée au grand complet. « La faim justifie les moyens », comme l'avait écrit au tableau une fille à l'inconscient vorace et au physique de souris durant un interminable cours de philosophie.

En bas de l'escalier, je me précipite dans la rue et demande à Perrier de démarrer vite de peur que l'on nous surprenne par la fenêtre.

Il est en colère et conduit brusquement en essuyant la buée sur le pare-brise du revers de sa main. Comme il ne pipe mot, je me sens tenue d'ouvrir les hostilités, ce qui m'agace encore davantage :

— Que viens-tu faire ici ? C'est l'anniversaire de mon père, celui de mon fiancé, et à l'heure qu'il est, je suis censée me trouver en bas de l'escalier les bras chargés de cadeaux.

— Tu m'avais dit que je gagnerais, qu'en amour, la nouveauté l'emporte toujours et chasse le passé.

— C'est vrai, même si après des raisons objectives s'intercalent et grippent la machine. Mais je pense qu'une personne qui ne goûte ne serait-ce qu'une fois à la pomme, sera toujours tentée… C'est d'ailleurs ce qui a valu à Eve d'être chassée du Paradis et nous avec. Mais ça n'est pas le moment de débiter des banalités. Sais-tu pourquoi les corbeaux sont l'emblème du mariage chez les pharaons ? J'ai lu ça quelque part, parce qu'ils restent fidèles à leur moitié toute leur vie.

— Je veux que tu le quittes, maintenant. Je ne souffrirai pas davantage cette situation. Je ne suis pas un *waiter* que l'on hèle impunément.

Quelques reliquats d'anglicismes émaillaient parfois le français de Perrier. Mais comme souvent chez les gens qui parlent parfaitement une langue étrangère, il en maîtrisait mieux les subtilités qu'un *natif*, comme on dit aux Etats-Unis pour désigner les premiers arrivés. « Waiter » voulait dire serveur. Mais « to wait » signifiait attendre. A bon « attendeur »...

— Je vais quitter Georges, ce soir.

— Tu dis cela depuis bientôt deux ans.

— Mais je te quitte aussi.

La voiture s'est doucement immobilisée, il s'est penché sur moi et a ouvert ma porte sans un mot. Je suis sortie. Il est parti et c'est ainsi, loin, très loin de chez mon père, que nous nous sommes quittés, pour de vrai.

Je ne sais pas ce qu'il m'a pris, rien de prémédité, pourquoi avais-je occis, ce soir en particulier, cette histoire sur laquelle je m'étais acharnée pendant des mois, la piétinant pour voir ce qu'elle avait dans le ventre, l'essorant jusqu'à la dernière goutte, jusqu'à lui faire rendre gorge. Dès le début, je ne l'aimais plus. Je l'éprouvais, me vengeais de cette passion peu commune, pour ressentir quelque chose. Du ressentiment. La reconquête m'occupait, je réchauffais mes pieds dans les entrailles encore fumantes de notre amour à chaque fois plus meurtri, et puis l'infernale machinerie de l'ennui repartait de plus belle, mon hypocrisie me démangeait, et je le dévorais à nouveau, lui et sa naïveté. Enfin, il m'avait quittée, pour que je puisse un peu le regretter. Me voilà seule à présent et à pied, sous la pluie. Il est minuit. Peut-être qu'il reviendra un jour, ou moi, des soubresauts de moribonds, l'habitude, rien de grave, ou dans longtemps, quand je le regretterai, que je me languirai de cet amour magnifié, que je ne susciterai plus rien à mes contemporains. Toutes mes forces m'abandonnent, glissent le long de mon corps, dévalent la rigole et se déversent à travers les grilles dans les profondeurs de la ville. Je me laisse choir sur le trottoir, incapable de faire un pas de plus, de poursuivre cette histoire.

Bien sûr, mon téléphone a sonné, un nombre de fois indécent : « Que fais-tu ? » « Où es-tu ? » Les derniers appels ne prennent plus la peine d'un message. Je hèle un taxi qui passe son chemin, son gros postérieur indifférent à mon destin. En temps normal, j'aurais appelé Georges au secours. Il venait toujours, partout, et même par temps couvert, quand il me savait loin de lui, dans des zones étrangères. Il mettait un point d'honneur à demeurer mon refuge quoi qu'il arrive, et quand bien même l'amour nous séparait. Il tenait bon, ne ployait pas, mais là, je ne pouvais pas.

— Tu t'es perdue en cours de route ? furent ses premiers mots en me voyant pénétrer dans l'appartement.

Je n'avais pas pris la peine de réfléchir à une sortie. J'avais disparu depuis plus d'une heure et je revenais trempée, les joues fossilisées par les larmes. Que pouvais-je bien répondre à cela ? Fallen et son gros Bébé fumaient un joint.

— Je suis revenue pour te dire que j'allais partir.

— Ah, et pour aller où ?

— Je ne sais pas. Loin. Loin de toi, loin de vous.

— Tu es sûre que tu ne confonds pas tout ?

— Je ne suis sûre de rien, je me sens seule et je pense que c'est bien.

— Tu n'as plus besoin de moi, alors tu me jettes ?

— Voilà.

— Ne crois-tu pas que nous devrions en parler…

— … En temps voulu ? Non.

— Si tu passes cette porte, c'est la dernière fois, mon cœur n'est pas un paillasson sur lequel tu peux indéfiniment essuyer tes états d'âme.

— Je sais.

— Tu sais aussi que tu es une grande claqueuse de porte. Ecoute, c'est rare de rire et de se sentir bien avec quelqu'un. Moi je trouve que l'on se marre bien et je ne vois pas le temps passer avec toi. Maintenant, si tu veux t'en aller, la porte est grande ouverte, à double battant.

J'ai les larmes aux yeux. Cette expression, double battant, était un gimmick entre nous. Elle nous rappelait un couple homosexuel de Toulouse qui passaient leur trajet de voiture à s'engueuler. L'un était grand et maigre, l'autre petit et trapu. Le petit conduisait comme un forcené sur les routes en épingle de campagne et se métamorphosait en grand-mère dès qu'il passait le péage de l'autoroute. Le grand rentrait alors dans des rages pétaradantes et finissait invariablement par lui assener que cet esprit de contradiction le perdrait. Ce à quoi son vieux compagnon de route lui aboyait en forçant sur l'accent occitan : « Si tu n'es pas content, la porte est ouverte à double battant. » Prisonniers à l'arrière du break, nous nous tenions les côtes de rire.

Je pris la porte, non sans avoir averti mon père que je ne reverrais plus jamais cette fille. Sans trop savoir si je parlais d'elle ou de moi.

Epilogue

Vendredi soir, quelques années plus tard.

J'entre, il est là, en avance, comme d'habitude, assis à la table d'angle, ses lunettes relevées sur la tête, un verre de Coca à la main, les tempes grisonnantes. Il se lève pour m'embrasser, en prenant soin de jeter un coup d'œil à sa silhouette de jeune homme : bien, son ventre plat est toujours là. Il porte ses lunettes par coquetterie, mais il n'en a plus besoin. Une opération toute simple a nettoyé sa myopie, comme on gratte le fond d'un verre. Ma grand-mère est morte il y a une semaine. Nous voilà orphelins. Elle est morte très vite, une mort brutale. Une tumeur dans le ventre « de la taille d'un roast-beef », qu'elle a ignorée jusqu'au bout, et qui l'a dévorée en moins d'un mois. Mon père s'est occupé d'elle éperdument. Le dimanche sur son lit d'hôpital, j'ai vu un corps de momie avec une tête chauve de reine médiévale. La bouche ouverte, le palais noir, les yeux drogués fixant le plafond, ce râle, et la nuque anormalement cambrée pour projeter le menton en avant : rendre son dernier souffle. Expirer n'est pas un vain mot.

Nous sommes là, juste à côté de toi.

On avance tous d'une case. Mon père l'a raccompagnée sur ses terres, mousseuses et confites, à quelques encablures de la mer d'Angleterre, où mamie Jeanne n'avait plus mis les pieds depuis soixante ans. Soixante ans, l'âge de papa. Il ne les fait pas. En dépit du chagrin. De la paperasse et des questions. Nous voilà orphelins.

— Tu es belle mon Big, tu as tiré tes cheveux en arrière !

— Oui.

— Cela te va très bien, ça met ton front et tes yeux en valeur.

— Merci.

— Tu as mis un peu de mascara aussi.

— Oui.

— Cela t'agrandit le regard.

Je lui souris. Il attrape ma main. La même que la sienne.

— Je suis content, Big. C'est peu de chose, tu verras, mais la vie tient à peu de chose.

— Il n'est pas trop tard, tu crois ?

— Non, fais-moi confiance. Et des talons, tu mettras des talons ?

— Oui. Enfin, pas tous les jours.

— Et des jupes, tu mettras des jupes ?

— Oui.

— Et du vernis, tu mettras un peu de vernis, parfois ?

— Oui, papa.

— Je ne sais pas ce qu'a fait ta mère. C'est quand même un comble que ce soit à moi de t'enseigner la féminité. On n'aurait peut-être pas dû t'appeler Big…

Cette fois-ci, c'est lui qui me sourit.

— Je ne serai jamais comme Fallen, tu sais.

— C'est drôle que tu m'en parles encore. Elle n'a fait que passer, pourtant.

— Elle a appelé Georges il n'y a pas longtemps.

— Et comment va-t-il ?

— Bien, il prospère. Mais je voulais te dire : j'ai un nouveau fiancé, papa.

— Ah, c'est pour ça. Et il s'appelle comment ?

— Comme toi : François.